Nathanael West

*Eine glatte Million
oder
Die Demontage des
Mister Lemuel Pitkin*

Roman
Übersetzung, Anmerkungen
und Nachwort von
Dieter E. Zimmer

Diogenes

Die amerikanische Originalausgabe erschien erstmals
1934 unter dem Titel ›A Cool Million‹
Entnommen: ›The Complete Works of Nathanael West‹,
Farrer, Straus & Giroux, Inc., New York

Umschlagzeichnung: Tomi Ungerer

1.– 5. Tausend

Alle deutschen Rechte vorbehalten
Copyright © 1972 by
Diogenes Verlag AG Zürich
Gesamtherstellung Welsermühl Wels
ISBN 3 257 01497 X

Für S. J. Perelman

»John D. Rockefeller würde eine glatte Million hinlegen, um so viel verdauen zu können wie du.«
Altes Sprichwort

I

Die Heimstatt von Mrs. Sarah Pitkin, einer Witwe in fortgeschrittenem Alter, lag auf einer Anhöhe oberhalb des Rat River nahe der Ortschaft Ottsville im Staate Vermont. Es war eine bescheidene Behausung, erheblich verwohnt zudem, doch war sie ihr und ihrem einzigen Kind, Lemuel, sehr ans Herz gewachsen.

Obschon das Haus aufgrund der angespannten Vermögenslage der kleinen Familie seit längerem nicht neu gestrichen worden war, war es dennoch nicht ohne Charme. Wäre zufällig ein Antiquitätenhändler vorübergekommen, so hätte ihn seine Architektur gewiß höchlich interessiert. Da es etwa zu der Zeit erbaut worden war, als General Stark wider die Briten zu Felde zog, spiegelten seine Umrisse den Charakter seiner Armee, in deren Reihen mehrere Pitkins mitmarschiert waren.

Eines späten Abends im Herbst saß Mrs. Pitkin geruhsam in ihrem Wohnzimmer, als es an ihre bescheidene Türe pochte.

Sie hielt kein Dienstpersonal und begab sich wie üblich persönlich zur Tür.

»Mister Slemp!« sagte sie, als sie in ihrem Besucher den reichen Rechtsanwalt des Ortes erkannte.

»Jawohl, Mrs. Pitkin, ich komme in einer kleinen geschäftlichen Angelegenheit.«

»Möchten Sie nicht näher treten?« fragte die Witwe, die bei aller Überraschung ihre Höflichkeit nicht vergaß.

»Ich glaube, ich muß Ihre Gastfreundschaft tatsächlich für eine kurze Weile in Anspruch nehmen«, sagte der Anwalt mit gütiger Stimme. »Befinden Sie sich wohl?«

»O danke, Sir, durchaus«, sagte Mrs. Pitkin, während sie ihm in das Wohnzimmer voranging. »Nehmen Sie doch im Schaukelstuhl Platz, Mister Slemp«, sagte sie und deutete auf die beste Sitzgelegenheit in dem einfach ausgestatteten Raum.

»Sehr liebenswürdig«, sagte der Rechtsanwalt und setzte sich behutsam auf den erwähnten Stuhl.

»Wo ist denn Ihr Sohn Lemuel?« fuhr der Anwalt fort.

»In der Schule. Aber um diese Zeit müßte er bald zu Hause sein; er treibt sich nämlich nie herum.« Und in der Stimme der Mutter schwang etwas von dem Stolz mit, den sie für ihren Sohn empfand.

»Noch in der Schule!« rief Mister Slemp. »Wäre es nicht besser, er trüge zu Ihrem Lebensunterhalt bei?«

»Nein«, sagte die Witwe stolz. »Ich halte sehr auf Bildung, und mein Sohn desgleichen. Doch eine geschäftliche Angelegenheit führte Sie her?«

»Ach ja, Mrs. Pitkin. Ich fürchte, es handelt sich um eine für Sie unangenehme Angelegenheit, aber Sie werden sich zweifellos bewußt sein, daß ich in dieser Sache nur im Auftrag handele.«

»Unangenehm!« wiederholte Mrs. Pitkin ahnungsvoll.

»Ja. Squire Joshua Bird hat mir aufgetragen, die Hypothek auf Ihrem Haus zu kündigen. Das heißt, er betrachtet sie als gekündigt«, fügte er hastig hinzu, »sofern es Ihnen nicht gelingt, den notwendigen Betrag binnen drei Monaten aufzubringen, wenn die Schuld fällig wird.«

»Wie kann ich hoffen, das Geld aufzubringen?« sagte die Witwe gebrochen. »Ich war der Meinung, Squire Bird würde das Darlehen gerne verlängern, wo wir ihm doch zwölf Prozent Zinsen zahlen.«

»Es tut mir leid, Mrs. Pitkin, aufrichtig leid, aber er hat beschlossen, es nicht zu verlängern. Er verlangt entweder sein Geld oder sein Eigentum.«

Der Anwalt nahm seinen Hut, verneigte sich höflich und überließ die Witwe ihren Tränen.

(Vielleicht interessiert es den Leser, zu erfahren, daß ich mit meiner Vermutung recht hatte. Einem Innenarchitekten, der an dem Haus vorbeigekommen war, war es ins Auge gefallen. Er hatte Squire Bird aufgesucht, um das Haus zu erwerben, und aus diesem Grund hatte jene Persönlichkeit den Entschluß gefaßt, Mrs. Pitkin an die Luft zu setzen. Der Grund dieser Tragödie trug den Namen Asa Goldstein, sein Geschäftsunternehmen hieß ›Koloniale Inneneinrichtung und Architektur‹. Mister Goldstein hatte vor, das Haus auseinanderzunehmen und im Schaufenster seines Geschäftes an der Fifth Avenue aufzustellen.)

Als Rechtsanwalt Slemp die bescheidene Behausung verließ, begegnete er auf der Schwelle dem Sohn der Witwe, Lemuel.

Durch die offene Tür erhaschte der Sohn einen Blick auf seine tränenüberströmte Mutter und sagte zu Mister Slemp:

»Was haben Sie meiner Mutter gesagt, daß sie weint?«

»Aus dem Weg, Junge!« rief der Anwalt. Er versetzte Lem einen so kräftigen Stoß, daß der arme Knabe von den Verandastufen in den Keller fiel, dessen Tür unglücklicherweise offenstand. Bis Lem sich wieder aufgerafft hatte, war Mister Slemp bereits ein gutes Stück Weg entfernt.

Unser Held, obzwar erst siebzehn Jahre alt, war ein kräftiger, feuriger Knabe und lief dem Anwalt nur um seiner Mutter willen nicht nach. Als er ihre Stimme hörte, ließ er die Axt fallen, die er sich bereits gegriffen hatte, und eilte ins Haus, um sie zu trösten.

Die arme Witwe erzählte ihrem Sohn all das, was wir berichtet haben, und die beiden verfielen in tiefen Trübsinn. Wie sehr sie ihre Köpfe auch zermarterten, es wollte ihnen nichts einfallen, was ihnen das Dach überm Kopf hätte erhalten können.

Voller Verzweiflung beschloß Lem schließlich, Mister Nathan Whipple aufzusuchen, des Ortes erlauchtesten Bürger. Mister Whipple war einstmals Präsident der Vereinigten Staaten von Amerika gewesen und von Maine bis Kalifornien unter dem liebevoll gemeinten Spitznamen ›Shagpoke‹ Whipple bekannt. Nach vier erfolgreichen Amtsjahren hatte er seinen Zylinder sozusagen gegen eine Pflugschar zurückgetauscht und eine zweite Kandidatur abgelehnt, um statt dessen lieber in sein heimatliches Ottsville zurückzukehren und dort wieder zu einem einfachen Bürger zu werden. Er verbrachte seine ganze Zeit zwischen seiner Bude in der Garage und der Rat River National Bank, deren Präsident er war.

Mister Whipple hatte des öfteren sein Interesse an Lem bekundet, und der Knabe meinte, er wäre vielleicht willens, seiner Mutter bei der Rettung ihrer Heimstatt behilflich zu sein.

2

›Shagpoke‹ Whipple residierte an der Hauptstraße von Ottsville in einem zweistöckigen Holzhaus mit einer schmalen Rasenfläche davor und einer Garage dahinter, die einst ein Hühnerstall gewesen war. Beide Bauwerke wirkten solide und nüchtern, und niemand durfte sich je herausnehmen, in ihrem Umkreis Unordnung zu stiften.

Das Haus diente sowohl als Geschäftslokal wie als Residenz; das Erdgeschoß war den Büros der Bank vorbehalten, das Obergeschoß beherbergte den Ex-Präsidenten. Auf der Veranda war gleich neben der Haustür eine große Kupfertafel angebracht; sie trug die Aufschrift:

Rat River National Bank
Nathan ›Shagpoke‹ Whipple
Präs.

Manche Leute hätten etwas dagegen, in ihrem Wohnhaus eine Bank unterzubringen, besonders wenn sie, wie Mister Whipple, mit gekrönten Häuptern verkehrt hatten. Aber

Shagpoke war nicht stolz, und er gehörte zu den Sparsamen. Immer hatte er gespart: von dem ersten Mal an, da er mit fünf Jahren einen Penny bekommen und über das trügerische Vergnügen einer Bonbon-Investition triumphiert hatte, bis hin zu der Zeit, da er zum Präsidenten der Vereinigten Staaten gewählt worden war. Eins seiner Lieblingssprichwörter lautete: »Lehre deine Großmutter nicht, Eier auszusaugen.« Damit meinte er, daß die Freuden des Körpers wie Großmütter sind; wenn sie einmal anfangen, Eier auszusaugen, hören sie nicht wieder auf, ehe alle Eier (Geldbeutel) leer sind.

Als Lem in den Weg zu Mister Whipples Haus einbog, versank die Sonne rasch am Horizont. Allabendlich um diese Zeit holte der Ex-Präsident die Fahne ein, die über seiner Garage wehte, und hielt eine Ansprache an alle jene Leute aus der Bürgerschaft des Ortes, die etwa stehenblieben, um die Zeremonie zu verfolgen. Im ersten Jahr nach der Rückkehr des großen Mannes aus Washington sammelte sich dazu eine beträchtliche Menge, aber sie war kleiner und kleiner geworden, bis nun, da unser Held sich dem Hause näherte, nur noch ein einsamer Pfadfinder die Zeremonie beobachtete. Der Knabe war nicht aus freien Stücken anwesend, leider nicht, sondern von seinem Vater hergeschickt worden, der den Wunsch hegte, von der Bank ein Darlehen zu erhalten.

Lem nahm den Hut ab und wartete ehrerbietig, bis Mister Whipple seine Rede beendet hatte.

»Heil dir, altes ruhmvolles Tuch! Mögest du die Freude und der Stolz des amerikanischen Herzens sein, wenn deine prachtvollen Falten in der Sommerluft schwelgen, und nicht minder, wenn deine zerfetzten Reste durch die Wolken des Krieges schimmern! Wehe allzeit für Ehre, Hoffnung und Profit, in unbesudeltem Ruhm und patriotischer Glut, auf der Kuppel des Kapitols, auf der zeltbestandenen Ebene, auf dem wogengeschüttelten Hauptmast und auf dieser Garage Dach!«

Mit diesen Worten holte Shagpoke die Fahne ein, für die so viele unserer Besten ihr Blut und Leben gegeben haben, und raffte sie zärtlich in seine Arme. Der Pfadfinder lief schleunigst weg. Lem tat einige Schritte nach vorn, den Redner zu begrüßen.

»Ich würde gern ein paar Worte mit Ihnen sprechen, Sir«, sagte unser Held.

»Gewiß«, erwiderte Mister Whipple mit angeborener Güte. »Es fehlt mir nie an Zeit, die Probleme der Jugend zu erörtern, denn die Jugend einer Nation ist ihre einzige Hoffnung. Komm in meine Bude«, fügte er hinzu.

Das Zimmer, in das Lem Mister Whipple folgte, lag an der Rückseite der Garage. Es war mit äußerster Kargheit ausgestattet; einige Kisten, ein Cracker-Faß, zwei Messingspucknäpfe, ein heißer Ofen und ein Lincoln-Bild, mehr enthielt es nicht.

Als unser Held auf einer der Kisten Platz genommen hatte, ließ sich Shagpoke auf dem Cracker-Faß nieder und brachte seine Kongreß-Gamaschen in die Nähe des heißen Ofens. Er steckte die Entfernung zum nächsten Spucknapf mit einem prüfenden Schleimauswurf ab und forderte den Jungen auf, anzufangen.

Da es meine Erzählung nur aufhalten und keinem vernünftigen Zweck dienen würde, zu berichten, wie Lem sein Dilemma darlegte, springe ich sogleich zum letzten Satz.

»Also«, schloß unser Held, »kann nur eins die Heimstatt meiner Mutter retten, nämlich wenn Ihre Bank dem Squire Bird seine Hypothek übernimmt.«

»Es würde dir nicht helfen, wenn ich dir Geld liehe, selbst wenn ich das könnte«, lautete die überraschende Antwort, die Mister Whipple dem Jungen zuteil werden ließ.

»Wieso nicht, Sir?« fragte Lem, außerstande, seine große Enttäuschung zu verbergen.

»Weil ich es für einen Fehler halten würde. Du bist zu jung, um Geld zu borgen.«

»Aber was soll ich machen?« fragte Lem verzweifelt.

»Es bleiben euch noch drei Monate, bevor sie euer Haus verkaufen können«, sagte Mister Whipple. »Nur Mut. Dies ist ein chancenreiches Land, und die Welt ist eine Auster.«

»Aber wie soll ich hier fünfzehnhundert Dollar (solches war der Wert der Hypothek) in so kurzer Zeit verdienen?« fragte Lem, den des Ex-Präsidenten einigermaßen kryptische Äußerungen verwirrten.

»Das mußt du selber herausfinden, aber ich habe nie behauptet, daß du in Ottsville bleiben solltest. Tu, was ich in deinem Alter getan habe. Geh hinaus in die Welt und mache dein Glück.«

Lem erwog diesen Ratschlag eine Weile. Als er wieder den Mund öffnete, geschah es mit Mut und Entschlossenheit.

»Sie haben recht, Sir. Ich werde gehn, mein Glück zu machen.« In den Augen unseres Helden war ein Glänzen, das ein hochgestimmtes Herz verriet.

»Gut«, sagte Mister Whipple, und er war aufrichtig froh. »Wie ich vorhin sagte, die Welt ist eine Auster, die nur auf die Hände wartet, die sie aufbrechen. Bloße Hände sind am besten, aber vielleicht hast du etwas Geld?«

»Nicht einmal einen Dollar«, sagte Lem niedergeschlagen.

»Das ist sehr wenig, mein junger Freund, doch vielleicht genügt es, denn du hast ein ehrliches Gesicht, und das ist mehr wert als Gold. Doch ich hatte immerhin fünfunddreißig Dollar, als ich von zu Hause wegging, um mein Glück zu machen, und es wäre gut, wenn du mindestens genausoviel hättest.«

»Ja, das wäre gut«, stimmte Lem zu.

»Beleihbare Sachwerte?« fragte Mister Whipple.

»Beleihbare Sachwerte?« wiederholte Lem, dessen geschäftliche Kenntnisse so begrenzt waren, daß er nicht einmal wußte, was der Ausdruck bedeutete.

»Eine Sicherheit für einen Kredit«, sagte Mister Whipple.

»Nein, Sir, ich fürchte nicht.«

»Deine Mutter hat doch eine Kuh?«

»Ja, die alte Sue.« Die Miene des Knaben verdüsterte sich, als ihm klarwurde, daß es von jener treuen Dienerin Abschied zu nehmen galt.

»Ich glaube, ich könnte dir auf sie fünfundzwanzig Dollar leihen, vielleicht dreißig«, sagte Mister Whipple.

»Aber sie hat über hundert gekostet, und außerdem versorgt sie uns mit Milch, Butter und Käse, dem Hauptteil unserer Grundnahrungsmittel.«

»Du verstehst nicht«, sagte Mister Whipple geduldig. »Deine Mutter kann die Kuh behalten, bis der Schein, den sie unterschreibt, in sechzig Tagen fällig wird. Diese neue Schuld wird ein zusätzlicher Anreiz sein, der dich zum Erfolg anspornt.«

»Doch was, wenn ich keinen Erfolg habe?« fragte Lem. Nicht daß ihn der Mut verließ, das sei betont, aber er war jung und brauchte gute Worte.

Mister Whipple verstand, wie dem Knaben zumute war, und er bemühte sich, ihn zu beruhigen.

»Amerika«, sagte er mit großem Ernst, »ist ein chancenreiches Land. Es nimmt sich der Ehrlichen und Strebsamen an und läßt sie nie im Stich, solange sie beides sind. Das ist nicht Ansichts-, es ist Glaubenssache. An dem Tag, da die Amerikaner es nicht mehr glauben, an jenem Tag ist Amerika verloren.

Laß mich dich warnen, daß du in der Welt auf ein paar Spötter treffen wirst, die dich auslachen und die versuchen werden, dich zu deinem Schaden irrezumachen. Sie werden dir weismachen wollen, daß John D. Rockefeller ein Dieb war und daß Henry Ford und andre große Männer ebenfalls Diebe sind. Schenke ihnen keinen Glauben. Die Geschichte Rockefellers und Fords ist die Geschichte jedes großen Amerikaners, und du solltest danach trachten, sie zu deiner eigenen Geschichte zu machen. Wie sie, wurdest auch du arm und auf einer Farm geboren.

Wie sie, werden dich Ehrlichkeit und Strebsamkeit unfehlbar zum Erfolge führen.«

Überflüssig zu sagen, daß die Worte des Ex-Präsidenten unserem jungen Helden Mut machten, wie ähnliche Worte die Jugend dieses Landes seit seiner Befreiung vom lästigen britischen Joch immer wieder aufgerichtet haben. Er gelobte auf der Stelle, es Rockefeller und Ford nachzutun.

Mister Whipple fertigte einige Papiere aus, die die Mutter des Jungen unterschreiben sollte, und führte ihn aus seiner Bude hinaus. Als er gegangen war, drehte sich der große Mann zum Lincoln-Bild an der Wand und hielt stumme Zwiesprache mit ihm.

3

Der Heimweg führte unseren Helden einen Pfad am Rat River entlang. Auf einem bewaldeten Wegstück schnitt er sich einen kräftigen Stock mit einem knubbligen Griff ab. Er schwang diese Keule wie ein Kapellmeister seinen Taktstock, als der Schrei eines jungen Mädchens seine Aufmerksamkeit erregte. Er wandte den Kopf und sah, wie eine verängstigte Gestalt von einem wilden Hund verfolgt wurde. Ein rascher Blick sagte ihm, daß es sich um Betty Prail handelte, ein Mädchen, in das er auf knabenhafte Weise verliebt war.

Betty erkannte ihn im nämlichen Augenblick.

»O retten Sie mich, Mister Pitkin!« rief sie und rang die Hände.

»Das werde ich tun«, sagte Lem entschlossen.

Mit dem Stock bewaffnet, den er sich glücklicherweise abgeschnitten hatte, eilte er zwischen das Mädchen und seinen Verfolger und ließ das Knotenende mit voller Kraft auf das Rückgrat des Köters niedergehen. Die Aufmerksamkeit des wütigen Tiers – einer großen Bulldogge – richtete sich auf den Angreifer, und wild aufheulend stürzte es sich auf Lem. Unser Held jedoch war achtsam und auf den Angriff gefaßt. Er sprang zur Seite und schlug dem Hund mit großer Wucht den Stock auf den Kopf. Das Tier ging halbbetäubt zu Boden, die zitternde Zunge aus der Schnauze gestreckt.

›Ich kann ihn so nicht liegenlassen‹, dachte Lem. ›Wenn er wieder zu sich kommt, wird er so gefährlich sein wie zuvor.‹

Er verpaßte der hingestreckten Bestie noch zwei Hiebe, die ihr Schicksal besiegelten. Das wütige Tier würde keinen Schaden mehr anrichten.

»O danke sehr, Mister Pitkin!« rief Betty, und eine Spur Farbe kehrte auf ihre Wangen zurück. »Ich hatte schreckliche Angst.«

»Das wundert mich nicht«, sagte Lem. »Das Vieh war auch gräßlich.«

»Wie tapfer Sie sind!« sagte die junge Dame bewundernd.

»Man braucht nicht viel Mut, um einem Hund einen Stock auf den Kopf zu hauen«, sagte Lem bescheiden.

»Viele Jungs wären weggerannt«, sagte sie.

»Was, und hätten Sie schutzlos zurückgelassen?« Lem war empört. »Nur ein Feigling hätte das getan.«

»Tom Baxter war bei mir, und er ist weggerannt.«

»Hat er gesehen, wie der Hund Sie verfolgte?«

»Ja.«

»Und was hat er getan?«

»Er ist über eine Steinmauer gesetzt.«

»Da kann ich nur sagen, meine Art ist das nicht«, sagte Lem. »Sehen Sie den Schaum an der Schnauze des Hundes? Ich glaube, er ist tollwütig.«

»Wie fürchterlich!« rief Betty schaudernd. »Haben Sie das schon vorher vermutet?«

»Jawohl, sobald ich ihn erblickte.«

»Und doch haben Sie gewagt, sich ihm zu stellen?«

»Es war sicherer, als wegzurennen«, sagte Lem und spielte so den Zwischenfall herunter. »Ich möchte mal wissen, wessen Hund es war?«

»Das wirst du gleich wissen«, sagte eine brutale Stimme.

Lem wandte den Kopf und wurde eines

kräftigen Kerls ansichtig, der etwa drei Jahre älter war als er selber und in dessen Gesicht das Tierische vorherrschte. Es war niemand anderes als Tom Baxter, der größte Rowdy der Stadt.

»Was hast du mit meinem Hund angestellt?« fragte Baxter fauchend.

In diesem Ton angesprochen, hielt Lem es für überflüssig, Höflichkeit an einen derartig brutalen Patron zu verschwenden.

»Totgeschlagen«, antwortete er kurz und bündig.

»Wieso schlägst du meinen Hund tot?« erkundigte sich der Rowdy voller Zorn.

»Wieso sperrst du das Vieh nicht irgendwo ein, wo es keinen Schaden anrichtet?« fragte Lem. »Außerdem hast du gesehen, wie er auf Miss Prail losgegangen ist. Warum bist du nicht dazwischengetreten?«

»Ich mache Kleinholz aus dir«, sagte Baxter fluchend.

»Das läßt du lieber bleiben«, sagte Lem kühl. »Du meinst wohl, ich hätte den Hund Miss Prail beißen lassen sollen.«

»Er hätte sie schon nicht gebissen.«

»Doch. Er jagte mit eben dieser Absicht hinter ihr her.«

»Nur zum Spaß.«

»Ich nehme an, der Schaum an seiner Schnauze stand dort auch nur zum Spaß«, sagte Lem. »Der Hund war toll. Du solltest mir Dank wissen, daß ich ihn erledigt habe, denn er hätte auch dich beißen können.«

»Das nehme ich dir nicht ab«, sagte Baxter roh. »Diese Geschichte ist mir zu dünn.«

»Sie stimmt aber«, sagte Betty Prail, die damit zum erstenmal ihre Stimme erhob.

»Klar, du bist auf seiner Seite«, sagte der Fleischerjunge (denn solches war Baxters Beruf), »aber das wird ihm nichts nützen. Ich habe für diesen Hund fünf Dollar bezahlt, und wenn er nicht mit genausoviel Piepen rausrückt, dann verarbeite ich ihn zu Gulasch.«

»Ich denke gar nicht dran«, sagte Lem ruhig. »Ein solcher Hund gehört totgeschlagen, und kein Mensch hat das Recht, ihn frei herumlaufen und das Leben unschuldiger Leute in Gefahr bringen zu lassen. Wenn du noch einmal fünf Dollar hast, solltest du sie besser anlegen.«

»Dann willst du mir also das Geld nicht zahlen?« fragte der Rowdy aufgebracht. »Ich schlage dir den Schädel ein.«

»Nur los«, sagte Lem, »ich habe da auch ein Wort mitzureden«, und sachkundig ging er in Kampfstellung.

»O schlagen Sie sich nicht mit ihm, Mister Pitkin«, sagte Betty tief bekümmert. »Er ist viel stärker als Sie.«

»Das wird er ziemlich schnell alleine herausfinden, denke ich«, knurrte Lems Gegner.

Daß Tom Baxter nicht nur größer, sondern auch stärker als unser Held war, traf zweifellos zu. Andrerseits wußte er seine Stärke nicht einzusetzen. Hätte er Lem um den Rumpf packen können, so wäre letzterer in seiner Gewalt gewesen, doch unser Held wußte das gut genug, und es fiel ihm nicht ein, es dahin kommen zu lassen. Er war ein recht guter Boxer und pflanzte sich ruhig und achtsam in Abwehrstellung auf.

Als Baxter sich auf ihn stürzte, um seinen kleineren Gegner zu packen, empfingen ihn zwei rasche Schläge ins Gesicht, von denen ihn einer an der Nase, der andre ins Auge traf, mit dem Ergebnis, daß sich ihm alles drehte.

»Dafür hau ich dich zu Mus«, brüllte er außer sich vor Wut, doch auch als er sich wieder auf Lem stürzte, vergaß er sein

Gesicht zu schützen. So hatte er zwei weitere Schläge einzustecken, die dieses Mal das andre Auge und den Mund trafen.

Baxter staunte. Er hatte erwartet, Lem beim ersten Anlauf kleinzukriegen. Statt dessen stand Lem kühl und unverletzt da, während er selber Nase und Mund bluten fühlte und beide Augen ihm rasch zuschwollen.

Er hielt ein, sah Lem durch seine beschädigten Sehwerkzeuge so gut es ging an und überraschte unsren Helden mit einem Lächeln. »Na gut«, sagte er und schüttelte einfältig den Kopf, »du hast mich geschafft. Ich bin wohl ein grober Patron, aber ich weiß, wann ich besiegt bin. Hier ist meine Hand zum Zeichen, daß ich dir nichts nachtrage.«

Lem reichte ihm die Hand, ohne irgendeiner Tücke hinter dem Freundschaftsangebot des Rowdys gewärtig zu sein. Es war der erstere selber ein Knabe von fairer Denkungsart und des Glaubens, daß die anderen ihm darin gleich seien. Kaum jedoch hatte Baxter seine Hand ergriffen, als er ihn an sich riß und so umklammerte und preßte, daß er besinnungslos wurde.

Betty kreischte und fiel in Ohnmacht, so sehr fürchtete sie für Lem. Als er sie kreischen hörte, ließ Baxter sein Opfer zu Boden fallen und ging zu der jungen Dame hinüber, die in tiefer Ohnmacht dalag. Eine kurze Zeitlang stand er über ihr und bewunderte ihre Schönheit. Seine Schweinsäuglein glänzten viehisch.

4

Nur zögernd lasse ich Miss Prail in der lüsternen Umarmung Tom Baxters zurück, um ein neues Kapitel zu beginnen, doch es wäre unschicklich, meine Erzählung über den Punkt hinauszuführen, an dem der Rowdy jene unglückselige Dame entkleidete.

Da indessen Miss Prail die Heldin dieses Romans ist, möchte ich die Gelegenheit benutzen, den Leser ein wenig mit ihrer Vergangenheit vertraut zu machen.

An ihrem zwölften Geburtstag wurde Betty Vollwaise, und zwar als ihre Eltern beide in einer Feuersbrunst den Tod fanden, die auch das wenige Eigentum vernichtete, welches ihr hätte hinterlassen werden können. In diesem Feuer, oder besser daneben, verlor sie noch etwas, das wie ihre Eltern unersetzlich war.

Die Farm der Prails lag drei Meilen von Ottsville entfernt an einem schlechten Feldweg, und die freiwillige Feuerwehr, deren Eingreifen sämtliche Brände in der Umgebung überlassen waren, verspürte keine große Lust, ihre Gerätschaften dorthin zu schleppen. Um die Wahrheit zu sagen: die Feuerwehr von Ottsville bestand aus einer Korona junger Männer, die sich mehr für schmutzige Witze, fürs Dame-Spiel und für Apfelwein interessierten als für die Brandbekämpfung. Als die Nachricht von der Katastrophe bei der Feuerwehr eintraf, waren die freiwilligen Feuerwehrleute sämtlich bezecht, und ihr Hauptmann, Bill Baxter (der Vater des Mannes, in dessen Armen wir unsere Heldin zurückgelassen haben), war stockbesoffen.

Nach mancherlei Verzögerung erreichte die Feuerwehr schließlich die Farm der Prails, aber statt die Flammen zu löschen, machte sie sich sogleich an die Arbeit und plünderte das Anwesen.

Obwohl zu jener Zeit erst zwölf Jahre alt, war Betty ein wohlgestaltes kleines Mädchen mit den weichen, wollüstigen Kurven einer schönen Frau. Nur von einem Baumwollnachtgewand umhüllt, lief sie zwischen den Feuerwehrleuten hin und her und flehte sie an, ihre Eltern zu retten, als Bill Baxters Auge auf ihre knospenden Formen fiel und er sie in den Schuppen lockte.

Am nächsten Morgen fanden Nachbarn sie nackt auf dem Boden liegen und nahmen sie mit nach Hause. Sie war arg erkältet, erinnerte sich jedoch nicht, was Bill Baxter ihr angetan hatte. Nur den Verlust ihrer Eltern betrauerte sie.

Nachdem der Geistliche eine kleine Geldsammlung veranstaltet hatte, um ihr Kleidung zu kaufen, wurde sie in ein Waisenhaus gesteckt. Dort blieb sie bis zu ihrem vierzehnten Lebensjahr, als sie als Dienstmädchen zu den Slemps gegeben wurde, einer prominenten Ottsviller Familie, deren Oberhaupt, Rechtsanwalt Slemp, wir bereits kennen.

Wie man sich denken kann, war das Leben für die arme Waise in diesem Haushalt kein reines Vergnügen. Wäre sie nicht so schön gewesen, so hätte sie es vielleicht besser gehabt. Wie die Dinge jedoch standen, hatte Rechtsanwalt Slemp zwei häßliche Töchter und eine verschrobene Frau, die alle auf ihr schönes Dienstmädchen eifersüchtig waren. Sie sorgten dafür, daß sie unansehnlich gekleidet war und ihr Haar so häßlich wie möglich trug. Trotz alledem und obwohl sie Männerschuhe und grobe Baumwollstrümpfe anziehen mußte, war unsere Heldin sehr viel attraktiver als die übrigen Frauen der Familie.

Rechtsanwalt Slemp war Diakon in der Kirche und ein sehr finsterer Mann. Dennoch sollte man annehmen, daß er als Mann weniger gegen die arme Waise gehabt hätte als seine Weibsbilder. Unglücklicherweise jedoch verhielt es sich keineswegs so. Mister Slemp schlug Betty regelmäßig und mit Hingebung. Er hatte mit diesen Schlägen begonnen, als sie als kleines Mädchen aus dem Waisenhaus kam, und er hörte damit nicht auf, als sie zu einer berückenden Frau wurde. Er schlug sie zweimal die Woche mit bloßer Hand auf den bloßen Hintern.

Es ist hart, dergleichen von einem Diakon zu sagen, aber Rechtsanwalt Slemp hatte wenig Bewegung und schien diese seine zweimal wöchentlich vorgenommene Leibesübung ganz schön zu genießen. Was Betty anbetraf, so war sie bald gegen seine Schläge abgehärtet und litt unter ihnen nicht so sehr wie unter den fcineren Foltern, denen Mrs. Slemp und ihre Töchter sie unterwarfen. Außerdem gab ihr Rechtsanwalt Slemp trotz seiner übermäßigen Sparsamkeit jedesmal einen Vierteldollar, wenn er mit der Hauerei fertig war.

Mit eben diesen fünfzig Cents pro Woche hoffte Betty ihre Flucht aus Ottsville zu bewerkstelligen. Sie hatte bereits einen Teil der Ausrüstung gekauft und befand sich mit dem ersten Besitztum ihres Lebens auf dem Rückweg aus der Stadt, als sie auf Tom Baxter und seinen Hund traf.

Den Ausgang dieser unglücklichen Begegnung kennen wir bereits.

5

Als unser Held wieder zur Besinnung kam, fand er sich in einem Graben neben dem Pfad, auf dem sein Kampf mit Tom Baxter stattgefunden hatte. Die Nacht war hereingebrochen, und es entging ihm, daß Betty in einem Gesträuch auf der anderen Seite des Pfades lag. Er meinte, sie hätte sich in Sicherheit gebracht.

Auf dem Nachhauseweg wurde sein Kopf wieder klar, und seine von Natur beherzte Stimmung kehrte wieder. Er vergaß die unglückselige Begegnung mit dem Rowdy und dachte nur noch an die bevorstehende Abreise nach New York.

An der Tür seiner bescheidenen Behausung empfing ihn seine liebe Mutter, die seiner Heimkehr mit Bangen geharrt hatte.

»Lem, Lem«, sagte Mrs. Pitkin, »wo warst du nur?«

Obwohl unser Held Lügen verabscheute, wollte er seiner Mutter keine ungebührlichen Sorgen bereiten; so sagte er nur: »Mister Whipple hat mich aufgehalten.«

Der Knabe berichtete sodann, was der Ex-Präsident gesagt hatte. Sie war recht von Herzen glücklich für ihren Sohn und unterschrieb bereitwillig den Schuldschein über dreißig Dollar. Wie alle Mütter war Mrs. Pitkin sicher, daß ihr Kind Erfolg haben würde.

Am nächsten Morgen brachte Lem in aller Frühe Mister Whipple den Schein und nahm dreißig Dollar abzüglich zwölf Prozent Vorauszinsen in Empfang. Dann kaufte er sich am Bahnhof eine Fahrkarte nach New York und wartete auf die Ankunft der Dampfbahn.

Unser Held nahm gerade die vorbeifliegende Landschaft Neu-Englands in Augenschein, als jemand ihn ansprach.

»Zeitungen, Zeitschriften, Erfolgsromane! Was zu lesen, der Herr?«

Es war der Zeitungs-Boy, ein kleiner Bursche mit einem ehrlichen, offenen Gesicht.

Unser Held brannte darauf, sich mit jemandem zu unterhalten, und so ging er auf die Frage des Zeitungs-Boys ein.

»Romanelesen ist nicht gerade meine Stärke«, sagte er. »Meine Tante Nancy hat meiner Mama mal einen gegeben, aber ich habe mir nichts weiter draus gemacht. Ich mache mir dagegen was aus Tatsachen, und ich lerne gern.«

»Ich habe auch nicht viel fürs Geschichtenlesen übrig«, sagte der Zeitungs-Boy. »Wo geht's denn hin?«

»Nach New York, um mein Glück zu machen«, sagte Lem freimütig.

»Na, wenn Sie in New York kein Geld machen, dann machen Sie's nirgends.« Mit dieser Bemerkung begann er seinen Lesestoff ein Stück weiter im Gang feilzubieten.

Lem nahm die vorbeifliegende Landschaft erneut in Augenschein. Diesmal unterbrach ihn ein modisch gekleideter junger Mann, der an ihn herantrat und ihn ansprach.

»Ist dieser Platz besetzt?« fragte der Fremde.

»Nicht daß ich wüßte«, erwiderte Lem mit freundlichem Lächeln.

»Dann werde ich ihn mit Ihrer gütigen Erlaubnis in Anspruch nehmen«, sagte der herausgeputzte Fremde.

»Aber gern«, sagte unser Held.

»Sie sind vom Land, nehme ich an«, fuhr er leutselig fort, während er sich neben unserem Helden in den Sitz sinken ließ.

»Ja. Ich wohne in der Nähe von Bennington in dem Ort Ottsville. Waren Sie da mal?«

»Nein. Vermutlich sind Sie auf Urlaubsreise in die große Stadt?«

»O nein – ich bin von zu Hause weggemacht von wegen meinem Glück.«

»Wie schön. Na hoffentlich klappt's. Übrigens ist der Bürgermeister von New York mein Onkel.«

»Donnerwetter noch mal!« sagte Lem mit ehrfürchtigem Schauder.

»Doch, doch, mein Name ist Wellington Mape.«

»Sehr erfreut, Mister Mape. Ich heiße Lemuel Pitkin.«

»Was Sie nicht sagen! Eine meiner Tanten hat einen Pitkin geehelicht. Vielleicht sind wir verwandt.«

Der Gedanke, ohne es zu wissen vielleicht mit dem Bürgermeister von New York verwandt zu sein, versetzte Lem in freudige Erregung. Er kam zu dem Schluß, daß sein neuer Bekannter wegen seiner Kleidung und seiner außerordentlichen Höflichkeit ein reicher Mann sein müsse.

»Was machen Sie ... geschäftlich, Mister Mape?« fragte er.

»Tja, hm!« gab jenes liebenswürdige Individuum zur Antwort. »Ich fürchte, ich bin eher ein Mann der Muße. Mein Vater hat mir eine glatte Million hinterlassen, und so bin ich nicht gezwungen zu arbeiten.«

»Eine glatte Million!« stieß Lem hervor. »Das sind ja zehnmal hunderttausend Dollar.«

»Genau«, sagte Mister Mape und lächelte über die Begeisterung des Knaben.

»Das ist aber ein doller Haufen Geld! Ich wäre zufrieden, wenn ich im Augenblick auch nur fünftausend hätte.«

»Ich fürchte, fünftausend würden bei mir nicht sehr lange reichen«, sagte Mister Mape mit amüsiertem Lächeln.

»Jesus! Wo kann man so einen Haufen Geld herkriegen, wenn man's nicht erbt?«

»Das ist kein Problem«, sagte der Fremde. »Also ich, ich habe in der Wall Street an einem einzigen Tag soviel verdient.«

»Was Sie nicht sagen.«

»Es stimmt. Ehrenwort.«

»Wenn ich doch nur zu etwas Geld kommen könnte«, sagte Lem sehnsuchtsvoll, während er an die auf seinem Haus lastende Hypothek dachte.

»Man braucht Geld, um zu Geld zu kommen. Wenn Sie etwas Geld hätten...«

»Ich habe knapp dreißig Dollar«, sagte Lem.

»Das ist alles?«

»Ja, das ist alles. Ich mußte Mister Whipple einen Schuldschein ausstellen, um es mir zu borgen.«

»Wenn das alles ist, dann passen Sie besser gut darauf auf. Ich bedaure sagen zu müssen, daß es trotz aller Anstrengungen des Bürgermeisters, meines Onkels, in New York noch eine Menge Gauner gibt.«

»Ich gedenke vorsichtig zu sein.«

»Sie verwahren Ihr Geld also an einem sicheren Ort?«

»Ich habe es nicht versteckt, weil ein Dieb zuallererst in einer Geheimtasche nachsehen würde. Ich habe es lose in der Hose, wo niemand so viel Geld vermuten würde.«

»Sehr vernünftig. Ich sehe, Sie sind ein Mann von Welt.«

»O ja, ich komme schon allein zurande«, sagte Lem mit jugendlichem Vertrauen.

»Das kommt davon, wenn man ein Pitkin ist. Freut mich, daß wir verwandt sind.

Sie müssen mich in New York mal besuchen kommen.«

»Wo wohnen Sie?«

»Im Ritz. Sie brauchen nur nach Mister Wellington Mapes Suite zu fragen.«

»Wohnt es sich da angenehm?«

»Das schon. Ich zahle drei Dollar für Kost und Logis, und das übrige bringt meine Ausgaben auf vierzig Dollar die Woche.«

»Jesus«, stieß Lem hervor. »Das könnte ich mir nie leisten – wenigstens vorläufig noch nicht.« Und unser Held lachte, denn unheilbarer Optimismus ist der Jugend eigen.

»Sie sollten sich natürlich nach einer Pension umsehen, wo Sie einfache, aber solide Kost zu einem vernünftigen Preis kriegen ... Doch muß ich Ihnen nun einen guten Morgen wünschen, ein Bekannter wartet im nächsten Waggon.«

Nachdem der liebenswürdige Mister Wellington Mape sich verabschiedet hatte, wandte sich Lem erneut seiner Wache am Wagenfenster zu.

Der Zeitungs-Boy hatte die Mütze gewechselt. »Äpfel, Bananen, Apfelsinen!« rief er, während er den Gang mit einem Obstkorb am Arm entlangkam.

Lem hielt ihn im Vorbeieilen auf und fragte nach dem Preis einer Apfelsine. Er betrug zwei Cent, und Lem beschloß, eine zu kaufen, um sie zusammen mit dem hartgekochten Ei zu essen, das ihm seine Mutter mitgegeben hatte. Doch als unser Held die Hand in die Tasche steckte, verzog ein wilder Krampf seine Züge. Er tastete sich mit wachsender Angst weiter, und eine kränkliche Blässe begann sich über sein Gesicht auszubreiten.

»Was ist denn los?« fragte Steve, denn das war der Name des Zug-Boys.

»Man hat mich beraubt! Mein Geld ist weg! Das ganze Geld, das Mister Whipple mir geliehen hat, ist gestohlen!«

6

»Ich möchte mal wissen, wer das war«, fragte Steve.

»Ich habe keine Ahnung«, antwortete Lem gebrochen.

»Haben sie viel gekriegt?«

»Alles, was ich in der Welt besaß ... Knapp dreißig Dollar.«

»Das muß ein gerissener Picker gewesen sein.«

»Picker?« erkundigte sich unser Held, der den dem Zug-Boy geläufigen Argot der Unterwelt nicht verstand.

»Ja, Picker – Taschendieb. Hat irgend jemand im Zug Sie angesprochen?«

»Nur Mister Wellington Mape, ein reicher junger Mann. Er ist mit dem Bürgermeister von New York verwandt.«

»Wer hat Ihnen das gesagt?«

»Er selbst.«

»Was hatte er an?« fragte Steve, dem ein Verdacht kam. (Er war als Kind ›Spanner‹ – Späher – eines ›Pickers‹ gewesen und kannte sich in der Sparte aus.)

»Hatte er einen hellblauen Hut auf?«

»Ja.«

»Und hat er wie ein feiner Herr ausgesehen?«

»Ja.«

»Er ist auf dem letzten Bahnhof raus, und Ihre Pieselotten sind mit ihm über alle Berge.«

»Sie meinen, er hat mein Geld an sich genommen? Also, ich hätte nie ... Er hat mir gesagt, daß er eine glatte Million schwer ist und im Ritz-Hotel wohnt.«

»So reden sie alle daher – Angeberei. Haben Sie ihm verraten, wo Sie Ihr Geld aufbewahren?«

»Das habe ich. Ob ich es wohl zurückkriegen kann?«

»Ich wüßte nicht, wie. Er ist ja ausgestiegen.«

»Den möchte ich mir mal vorknöpfen«, sagte Lem, der sehr zornig war.

»Ach, der würde Ihnen mit einem Stück Bleirohr eins überbraten. Suchen Sie doch mal in Ihren Taschen nach, vielleicht hat er Ihnen einen Dollar übriggelassen.«

Lem steckte die Hand in die Tasche, in der er sein Geld getragen hatte, und zog sie wieder heraus, als wäre er gebissen worden. Zwischen den Fingern hielt er einen Diamantring.

»Was ist denn das?« fragte Steve.

»Ich weiß es nicht«, sagte Lem überrascht. »Den habe ich noch nie gesehen, soviel ich weiß. Doch, ich habe ihn gesehn, großer Gott. Er muß dem Gauner vom Finger gerutscht sein, als er in meine Tasche langte. Ich habe gesehen, daß er ihn trug.«

»Mann!« rief der Zug-Boy. »Sie haben vielleicht ein Schwein. Da plumpsen Sie in ein Klo und tauchen mit einer goldenen Uhr wieder auf. Was haben Sie für ein Massel. Ein dolles Ding.«

»Was ist er wert?« fragte Lem begierig.

»Gestatten Sie mir, ihn anzusehen, mein junger Freund, vielleicht kann ich es Ihnen sagen«, sagte ein Herr mit einem grauen runden Filzhut, der auf der anderen Seite des Ganges saß. Der Fremde war dem Dialog zwischen unserem Helden und dem Zug-Boy mit großer Neugier gefolgt.

»Ich bin Pfandleiher«, sagte er. »Wenn Sie mich den Ring prüfen lassen, kann ich Ihnen sicher so ungefähr verraten, was er wert ist.«

Lem händigte den fraglichen Gegenstand dem Fremden aus, der sich eine Lupe vors Auge klemmte und ihn sorgfältig musterte.

»Mein junger Freund, dieser Ring ist glatt seine fünfzig Dollar wert«, erklärte er.

»Da habe ich wirklich Glück«, sagte Lem. »Der Gauner hat mir nur achtundzwanzig Dollar und sechzig Cent gestohlen. Aber ich hätte lieber mein Geld zurück. Ich will nichts von ihm.«

»Ich will Ihnen was sagen«, sagte der selbsternannte Pfandleiher. »Ich gebe Ihnen gegen den Ring einen Vorschuß von achtundzwanzig Dollar und sechzig Cent, und ich bin bereit, ihn für diese Summe plus angemessenen Zinsen zurückzuerstatten, wenn der Eigentümer je danach fragen sollte.«

»Das ist ein faires Angebot«, sagte Lem dankbar und steckte das Geld, das der Fremde ihm reichte, in die Tasche.

Unser Held bezahlte die Frucht, die er von dem Zug-Boy gekauft hatte, und verzehrte sie mit stiller Zufriedenheit. Der ›Pfandleiher‹ rüstete sich inzwischen zum Aussteigen. Als er sein geringes Gepäck zusammengesucht hatte, schüttelte er Lem die Hand und gab ihm eine Quittung für den Ring.

Doch der Fremde war kaum weg, als ein mit abgesägten Schrotflinten bewaffneter Trupp von Polizisten hereinkam und den Gang entlang vordrang. Lem verfolgte ihr Heranrücken mit großem Interesse. Dieses jedoch verwandelte sich in Bestürzung, als sie an seinem Platz haltmachten und einer von ihnen ihn grob bei der Kehle packte. Handschellen schnappten ihm um die Handgelenke. Schußwaffen waren auf seinen Kopf gerichtet.

7

»Teufel auch, da haben wir ihn«, sagte Sergeant Clancy, der den Polizeitrupp anführte.

»Aber ich habe doch nichts getan«, wandte Lem ein und erbleichte.

»Quatsch nicht, Kleiner«, sagte der Sergeant. »Kommst du brav mit, oder kommst du nicht brav mit?« Ehe der arme Junge noch eine Gelegenheit hatte, seine Bereitschaft zu beteuern, versetzte ihm der Polizeioffizier mit seinem Knüppel einen ungemein kräftigen Hieb auf den Schädel.

Lem sackte auf seinem Platz zusammen, und Sergeant Clancy befahl seinen Leuten, den Jungen aus dem Zug zu tragen. Ein Polizeiwagen wartete am Bahnhof. Lems bewußtlose Gestalt wurde in die ›Schwarze Maria‹ geworfen, und die Polizei fuhr zur Revierwache.

Als unser Held einige Stunden später wieder zu sich kam, lag er auf dem Steinfußboden einer Zelle. Der Raum war voller Detektive, und die Luft stank nach Zigarrenrauch. Lem öffnete ein Auge und gab den Detektiven damit unabsichtlich das Zeichen, in Aktion zu treten.

»Raus damit«, sagte Detektiv Grogan, doch bevor der Junge noch antworten konnte, trat er ihm mit seinem schweren Stiefel in den Magen.

»Laß mal«, unterbrach ihn Detektiv Reynolds, »gib dem Bürschchen eine Chance.« Er beugte sich mit einem gütigen Lächeln über Lems hingestreckte Gestalt und sagte: »Kleiner, das Spiel ist aus.«

»Ich bin unschuldig«, beteuerte Lem. »Ich habe nichts getan.«

»Du hast einen Diamantring geklaut und ihn verkauft«, sagte ein anderer Detektiv.

»Das habe ich nicht«, erwiderte Lem mit all dem Feuer, das er unter diesen Umständen aufbringen konnte. »Ein Taschendieb hat ihn in meiner Tasche verloren, und ich habe ihn bei einem Fremden für achtundzwanzig Dollar und sechzig Cent versetzt.«

»Achtundzwanzig Dollar!« rief Detektiv Reynolds, und seine Stimme drückte deutlich Unglauben aus. »Achtundzwanzig Dollar für einen Ring, der über tausend gekostet hat. Kleiner, damit kommst du hier nicht durch.« Mit diesen Worten zog der Detektiv seinen

Fuß zurück und trat Lem noch kräftiger als sein Kollege gegen den Hinterkopf.

Wie zu erwarten, verlor unser Held von neuem das Bewußtsein, und nachdem sie sich vergewissert hatten, daß er noch am Leben war, verließen die Detektive die Zelle.

Ein paar Tage später wurde Lem vor Gericht gestellt, doch weder Richter noch Geschworene schenkten seiner Geschichte Glauben.

Unglücklicherweise befand sich Stamford, die Stadt, in der er verhaftet worden war, mitten in einer Welle von Verbrechen, und Polizei wie Gerichtsbarkeit waren darauf aus, Leute ins Gefängnis zu bringen. Es gereichte ihm auch sehr zum Nachteil, daß der Mann, der sich im Zug als Pfandleiher ausgegeben hatte, in Wahrheit Hiram Glazer alias ›Stecknadelkopf‹ war, ein berüchtigtes Individuum der Unterwelt. Dieser Kriminelle, der bei der Beweisaufnahme der Anklage den Ausschlag gab, beschuldigte unsren Helden des Verbrechens, und zwar gegen ein geringes Entgelt seitens des Staatsanwaltes, der sich bald darauf Neuwahlen zu stellen hatte.

Als der Schuldspruch einmal gefällt war,

behandelten alle Lem mit großem Entgegenkommen, selbst die Detektive, die ihn auf der Wache so brutal zugerichtet hatten. Dank ihren Empfehlungen, die sich auf das gründeten, was sie seine Hilfsbereitschaft nannten, kam er mit fünfzehn Jahren Zuchthaus davon.

Unverzüglich wurde unser Held ins Gefängnis gesperrt; seit seiner Abreise aus Ottsville waren genau fünf Wochen vergangen. Daß die Gerechtigkeit langsam ist, kann man also kaum behaupten, obwohl wir in Kenntnis der Wahrheit hinzusetzen müssen, daß sie nicht immer treffsicher ist.

Der Direktor des Staatsgefängnisses, Ezekiel Purdy, war ein gutmütiger, wenn auch gestrenger Mann. Unweigerlich hielt er allen Neuankömmlingen eine kurze Begrüßungsansprache, und Lem empfing er mit den folgenden Worten:

»Mein Sohn, der Weg des Missetäters ist ein schwerer, doch in deinem Alter ist es noch möglich, von ihm abzukommen. Druckse nicht herum, denn ich will dir keine Predigt halten.«

(Lem druckste nicht. Der Ausdruck des Direktors war rein rhetorischer Natur.)

»Setz dich einen Moment«, fügte Mister Purdy hinzu und zeigte auf den Stuhl, auf dem Lem sitzen sollte. »Deine neuen Pflichten können noch etwas warten, und ebenso der Gefängnisbarbier und der Schneider.«

Der Direktor lehnte sich in seinem Stuhl zurück und saugte nachdenklich an seiner enormen Kalebassenpfeife. Als er wieder zu sprechen anhob, war es mit Leidenschaft und Überzeugung.

»Zunächst müssen dir alle Zähne gezogen werden«, sagte er. »Zähne sind oft ein Infektionsherd, und es macht sich bezahlt, ganz sicherzugehen. Zugleich werden wir mit einer Reihe kalter Duschen beginnen. Kaltes Wasser ist ein hervorragendes Mittel gegen Morbidität.«

»Aber ich bin unschuldig«, rief Lem, als ihm die volle Bedeutung dessen aufging, was der Direktor gesagt hatte. »Ich bin nicht krank, und ich hatte nie in meinem Leben Zahnschmerzen.«

Mister Purdy tat die Einwände des armen Jungen mit einer heftigen Handbewegung ab. »In meinen Augen«, sagte er, »sind Kranke nie schuldig. Du bist lediglich krank wie alle Verbrecher. Und was deine anderen

Argumente angeht: vergiß bitte nicht, Vorsicht ist besser als Nachsicht. Daß du noch nie Zahnschmerzen hattest, heißt nicht, daß du nie welche haben wirst.«

Lem konnte ein Stöhnen nicht unterdrücken.

»Sei guten Muts, mein Sohn«, sagte der Direktor munter, während er auf einen Knopf drückte, um einen Wärter zu rufen.

Kurze Zeit später wurde unser Held zum Gefängnisdentisten gebracht, zu dem wir ihm im Augenblick noch nicht folgen wollen.

8

Einige Kapitel zuvor habe ich unsere Heldin, Betty Prail, nackt unter einem Strauch liegen lassen. Sie hatte weniger Glück als Lem und kam erst wieder zur Besinnung, als er längst zu Hause war.

Als sie ganz zu sich gekommen war, fand sie sich in einem Behältnis, das sie für eine große Kiste hielt und an dem irgendeine unbekannte Kraft rüttelte. Nach kurzer Zeit wurde ihr indessen klar, daß sie auf dem Boden eines Wagens lag.

Sie fragte sich, ob sie vielleicht tot wäre. Doch nein, sie vernahm Stimmen, und außerdem war sie immer noch nackt. ›Wie arm man auch ist‹, tröstete sie sich, ›vor der Beerdigung wickeln sie einen in irgendwas ein.‹

Auf dem Fahrersitz des Wagens befanden sich offensichtlich zwei Männer. Sie versuchte, ihr Gespräch zu verstehen, aber es ging nicht, da sie sich in einer fremden Sprache unterhielten. Jedoch gelang es ihr, die Sprache als Italienisch zu identifizieren, da sie im Waisenhaus etwas Musikunterricht gehabt hatte.

»Gli diede uno scudo, il che lo rese subito gentile«, sagte der eine ihrer Bewacher mit kehliger Stimme zu dem andern.

»Si, si«, stimmte der andere ein. »Questa vita terrena e quasi un prato, che'l serpente tra fiori giace.« Nach diesem Brocken hausbackener Philosophie schwiegen sie beide still.

Doch ich will meine Leser nicht länger auf die Folter spannen. Die Wahrheit war die, daß die Arme von Mädchenhändlern aufgefunden worden war und nunmehr in ein verrufenes Haus der Stadt New York geschafft wurde.

Für unsere Heldin war die Reise eine höchst strapaziöse. Der Wagen, in dem sie befördert wurde, verfügte über keine nennenswerte Federung, und ihre beiden Bewacher unterzogen sie einem strengen Lehrgang in dem Beruf, den sie für sie vorgesehen hatten.

Eines späten Abends brachten die Italiener ihr Fahrzeug vor der Tür einer chinesischen Wäscherei irgendwo in der Nähe der Mott Street zum Stillstand. Nachdem sie von ihrem wackligen Fuhrwerk herabgestiegen waren, hielten sie in der Straße nach einem möglichen Polizisten Ausschau. Als sie sich vergewissert hatten, daß niemand kam, bedeckten sie ihre Gefangene mit altem Sacktuch und schleppten das Bündel schnell in die Wäscherei. Dort begrüßte sie ein alter Chinese, der auf einem Abakus rechnete. Dieser Sohn des Himmlischen Reiches hatte ein Diplom der Yale-Universität in Schanghai und sprach fließend Italienisch.

»Qualche cosa de nuovo, signori?« fragte er.

»Molto, molto«, sagte der ältere und schurkischer aussehende der beiden Ausländer. »La vostra lettera l'abbiamo ricevuto, ma il denaro no«, setzte er mit durchtriebenem Lächeln hinzu.

»Queste sette medaglie le trovero, compaesano«, antwortete der Chinese in der gleichen Sprache.

Nach dieser recht geheimnisvollen Wechselrede führte der Chinese Betty durch eine Geheimtür in eine Art Empfangsraum. Üppiger orientalischer Luxus prangte in diesem Zimmer. Die Wände waren mit rosa Satin ausgeschlagen, das ein geschickter Handwerker mit silbernen Reihern bestickt hatte. Auf dem Boden lag ein silberner Teppich, der über tausend Dollar gekostet haben mußte und dessen Farben es mit denen des Regenbogens aufnehmen konnten. Vor einem grausigen Götzen brannte Weihrauch, und sein berauschender Duft schwängerte die Luft. Es war unverkennbar, daß bei der Ausstattung des Zimmers weder Mühe noch Kosten gespart worden waren.

Der alte Chinese ließ einen Gong ertönen, und ehe noch seine Musik verklungen war, erschien eine Orientalin mit eingebundenen Füßen und führte Betty hinaus.

Als sie gegangen war, begann Fu Wong, denn solches war der Name des Chinesen, mit den beiden Italienern um den Kaufpreis zu feilschen. Das Handeln geschah in italienischer Sprache, und statt den Versuch zu machen, einen wortwörtlichen Bericht von der Transaktion zu liefern, werde ich nur das Ergebnis mitteilen. Betty wurde für sechshundert Dollar an den Chinesen losgeschlagen.

Das war ein ansehnlicher Preis, verglichen mit dem, was auf dem Mädchenmarkt sonst gezahlt wurde. Aber Wu Fong wollte sie unbedingt haben. Ja, er war es gewesen, der die beiden ausgeschickt hatte, die Gegend von Neu-England nach einem echten amerikanischen Mädchen abzusuchen. Betty kam ihm sehr gelegen.

Der Leser möchte vielleicht gerne erfahren, warum er so scharf auf ein amerikanisches Mädchen war. Wu Fongs Etablissement war kein gewöhnliches Freudenhaus. Es glich eher jenem berühmteren in der Rue Chabanis, Paris, Frankreich – es war ein ›Haus aller Nationen‹. In seinem Institut hatte er bereits ein Mädchen aus jedem Land der zivilisatorisch erschlossenen Welt, und Betty rundete nunmehr die Sammlung ab.

Wu Fong vertraute darauf, daß er bald seine sechshundert Dollar zuzüglich Zinsen zurückhaben würde, denn viele seiner Kunden kamen aus nicht-arischen Ländern und würden die Dienste einer echten Amerikanerin zu schätzen wissen. Apropos, es ist zwar bedauerlich, aber dennoch eine Tatsache, daß die minderen Rassen die Frauen der Herrenrassen begehren. Darum vergewaltigen auch die Neger in unseren Südstaaten so viele weiße Frauen.

Jeder der Insassinnen von Wu Fongs Etablissement stand eine winzige Zweizimmersuite zu eigenem Gebrauch zur Verfügung, die jeweils in dem Stil des Landes ausgestattet war, aus dem sie stammte. So besaß Marie, das französische Mädchen, ein Apartment im Directoire-Stil. Celestes Zimmer (wegen ihrer traditionellen Beliebtheit gab es zwei französische Mädchen) waren Louis XIV.; von den beiden war sie nämlich die dickere.

Das Mädchen aus Spanien, Conchita, hatte in ihrer Suite einen Konzertflügel, über den anmutig ein reichverziertes Tuch gebreitet war. Ihr Sessel hatte eine von großen Knöpfen gehaltene Polsterung aus Pferdeleder und Armlehnen aus riesigen Stierhörnern. Auf eine ihrer Wände hatte ein armer, doch vollendeter Künstler einen winzigen Balkon gemalt.

Es hätte wenig Sinn, die Ausstattung der übrigen etwa fünfzig Apartments aufzuführen. So mag es genügen, wenn ich versichere, daß die gleiche Grundidee mit exquisitem Geschmack und wirklichen historischen Kenntnissen in ihnen allen verwirklicht worden war.

Immer noch von dem Sacktuch bedeckt, in das die Italiener sie gewickelt hatten, wurde unsere Heldin in das Apartment gebracht, das vor ihrer Ankunft hergerichtet worden war.

Der Besitzer des Hauses hatte diese Suite von Asa Goldstein einrichten lassen, und dieser hatte den Kolonialstil vollkommen getroffen. Sofaschoner, Schiffe in Flaschen, geschnitztes Fischbein, handgeknüpfte Florteppiche – alles war beisammen. Mister Goldstein war stolz darauf, daß selbst ein Gouverneur Windsor nichts am Arrangement und am Mobiliar zu beanstanden gehabt hätte.

Betty war erschöpft und schlief auf dem Himmelbett mit seiner Kerzendochtdecke sofort ein. Als sie aufwachte, bekam sie ein heißes Bad, das sie sehr erfrischte. Dann wurde sie von zwei geschickten Dienerinnen angekleidet.

Das Kostüm, das sie tragen mußte, war eine auf ihre Umgebung abgestimmte Spezialanfertigung. Wenn es auch historisch nicht genau stimmte, so fiel es doch in die Augen, und zum Nutzen meiner Leserinnen will ich es so gut ich kann beschreiben.

Das Kleid hatte ein Mieder komplett mit Passe und Gürtel, einen Bahnenrock, lang, aber nicht so lang, daß er das wohlgestalte Fußgelenk und einen kleinen, ansehnlichen

Fuß, der in einem schneeigen Baumwollstrumpf und einem schwarzen Pantoffel mit niedrigem Absatz steckte, dem Blick gänzlich entzogen hätte. Das Kleid war aus Chintz – auf weißem Grund ein winziges braunes Muster –, und eine weite weiße Rüsche schloß es am Hals ab. An die Hände mußte sie schwarze Seidenhandschuhe mit Halbfingern ziehen. Ihr Haar trug sie in einem kleinen Knoten oben auf dem Kopf, und auf beiden Seiten ihres Gesichts war eine kräftige kurze Locke mit einem Zierkamm befestigt.

Das Frühstück, denn so viel Zeit war verstrichen, wurde ihr von einem alten livrierten Neger serviert. Es bestand aus Buchweizenpfannkuchen mit Ahornsirup, Johnny Cakes à la Long Island, Speckbiskuits und einem großen Stück Apple-Pie.

(Wu Fong war ein Pedant, was Details anging, und wenn er das gleiche Maß an Energie und Nachdenklichkeit auf ehrliche Weise angewandt hätte, hätte er wie mancher andere sogar noch mehr Geld gescheffelt, ohne das Stigma eines Bordellbesitzers tragen zu müssen. Aber ach!)

So schwer ist der Geist der Jugend unterzukriegen, daß Betty dem Frühstück vollauf Gerechtigkeit widerfahren ließ. Sie bestellte sogar eine zweite Portion Pie, die ihr der Dunkelhäutige auch sofort brachte.

Nachdem Betty mit dem Essen fertig war, gab man ihr eine Stickerei in die Hand. Mit der gütigen Erlaubnis des Lesers wollen wir sie verlassen, indes sie noch näht und ehe ihr erster Kunde eintrifft, ein pockennarbiger armenischer Teppichhändler aus Malta.

9

Die Gerechtigkeit ist nicht aufzuhalten. Es ist mir ein Vergnügen, meine Leser von dem Umstand zu unterrichten, daß der tatsächliche Verbrecher, Mister Wellington Mape, ein paar Wochen nach Lems Einkerkerung im Staatszuchthaus von der Polizei gefaßt wurde.

Jedoch befand sich unser Held in einem bejammernswerten Zustand, als der Gnadenerlaß des Gouverneurs eintraf, und für einige Zeit sah es so aus, als wäre die Begnadigung zu spät gekommen. Der arme Junge lag mit einer schlimmen Lungenentzündung in der Krankenstation des Gefängnisses. Von dem Zähneziehen sehr geschwächt, hatte er sich nach der dreizehnten eisigen Dusche erkältet, und die vierzehnte hatte seine Lungen angegriffen.

Dank seinem kräftigen Körperbau und einer Widerstandskraft, die von Tabak oder Alkohol nie geschmälert worden war, gelang es Lem, die Krisis der gefürchteten Lungenkrankheit zu überstehen.

Am ersten Tag, als seine normale Sehkraft wiederhergestellt war, sah er zu seiner Überraschung Shagpoke Whipple mit einer Bettpfanne und in der Uniform eines Gefangenen durch die Krankenstation gehen.

»Mister Whipple«, rief Lem. »Mister Whipple.«

Der Ex-Präsident wandte sich um und kam zu dem Jungen ans Bett.

»Tag, Lem«, sagte Shagpoke und setzte das Utensil ab, das er in der Hand hielt. »Es freut mich, daß es dir besser geht.«

»Danke, Sir. Aber was machen Sie hier?« fragte Lem mit verblüfftem Staunen.

»Ich bin der Kalfaktor, der diese Abteilung unter sich hat. Aber in Wirklichkeit willst du vermutlich fragen, warum ich hier bin?«

Der verdiente Staatsmann sah sich um. Er stellte fest, daß der Wärter in ein Gespräch mit einer hübschen Schwester verwickelt war, und zog sich einen Stuhl heran.

»Das ist eine lange Geschichte«, sagte Mister Whipple seufzend. »Aber sie läuft darauf hinaus, daß die Rat River National Bank pleite gemacht hat und die Gläubiger mich hierhergebracht haben.«

»Wie dumm, Sir«, sagte Lem voller Mitgefühl. »Und das nach all dem, was Sie für die Stadt getan haben.«

»Das ist der Dank des Pöbels, aber ich kann es ihnen eigentlich kaum zum Vorwurf machen«, sagte Mister Whipple mit jenem gesunden Menschenverstand, für den er berühmt war. »Ich mache es vielmehr der Wall Street und den internationalen jüdischen Bankiers zum Vorwurf. Sie haben mir einen Haufen europäischer und südamerikanischer Pfandbriefe angedreht und mich dann an die Wand gedrückt. Es war die Wall Street Hand in Hand mit den Kommunisten, die meinen Sturz bewirkt hat. Die Bankiers haben mich kleingekriegt, und die Kommunisten haben in Doktor Slacks Friseurladen Lügengerüchte über meine Bank verbreitet. Ich war das Opfer einer unamerikanischen Verschwörung.«

Mister Whipple seufzte noch einmal und sagte dann mit streitbarer Stimme: »Mein Junge, wenn wir hier rauskommen, gibt es zwei Übel, die dieses Land untergraben und gegen die wir mit Klauen und Zähnen kämpfen müssen. Diese beiden Erzfeinde des amerikanischen Geistes, des Geistes des Fairplay und des freien Wettbewerbs, sind Wall Street und die Kommunisten.«

»Aber wie geht's meiner Mutter?« unterbrach ihn Lem. »Und was ist aus unserm Haus geworden? Und die Kuh – mußten Sie die verkaufen?« Unsres Helden Stimme zitterte, denn er befürchtete das Schlimmste.

»Ach ja«, seufzte Mister Whipple, »Squire Bird hat seine Hypothek gekündigt, und Asa Goldstein hat euer Haus in seinen New Yorker Laden geschafft. Es ist die Rede davon, daß er es an das Metropolitan Museum weiterverkauft. Was die Kuh angeht, die haben die Gläubiger meiner Bank eingesackt. Deine Mutter ist verschollen. Sie ist während des Zwangsverkaufs einfach weggegangen, und seitdem ist sie spurlos verschwunden.«

Die schreckliche Nachricht ließ unsren Helden vor Schmerz buchstäblich aufstöhnen.

Um den Jungen etwas aufzuheitern, redete Mister Whipple weiter. »Eure Kuh hat mich etwas gelehrt«, sagte er. »Sie war so ziemlich meine einzige Sicherheit, die pro Dollar ihre hundert Cent wert war. Die europäischen Pfandbriefe haben keine zehn Cent pro Dollar gebracht. Meine nächste Bank wird nur noch Kühe beleihen, gute amerikanische Kühe.«

»Sie rechnen damit, wieder eine Bank aufzumachen?« fragte Lem in einem tapferen Versuch, nicht an seine eigenen Sorgen zu denken.

»Aber sicher«, erwiderte Shagpoke. »Meine Freunde werden mich hier bald herausholen. Dann bewerbe ich mich um ein politisches Amt, stelle mich zur Wahl, und nachdem ich dem amerikanischen Volk gezeigt habe, daß Shagpoke immer noch Shagpoke ist, ziehe ich mich aus der Politik zurück und eröffne wieder eine Bank. Ja, ich denke sogar daran, dieses Nationaldings vom Rattenfluß ein zweites Mal flottzukriegen. Ich müßte sie eigentlich für ein paar Cents pro Dollar zurückkaufen können.«

»Glauben Sie wirklich, daß das möglich wäre?« fragte unser Held voller Staunen und Bewunderung.

»Aber klar«, antwortete Mister Whipple. »Ich bin ein amerikanischer Geschäftsmann, und diese Station hier ist nur ein Zwischenfall in meiner Karriere. Mein Junge, ich glaube, ich habe dir einmal gesagt, daß du sichere Erfolgschancen hast, weil du arm und auf einer Farm geboren bist. Jetzt sage ich dir noch etwas: deine Chance ist noch größer, wenn du im Gefängnis gewesen bist.«

»Aber was soll ich bloß anfangen, wenn ich herauskomme?« fragte Lem mit kaum verhohlener Verzweiflung.

»Werde Erfinder«, antwortete Mister Whipple, ohne im mindesten zu zögern. »Der Geist Amerikas ist für seinen Erfindungsreichtum bekannt. Sämtliche Gerätschaften der modernen Welt, von der Sicherheitsnadel bis zur Vierradbremse, sind von uns erfunden worden.«

»Aber ich weiß doch nicht, was ich erfinden soll«, sagte Lem.

»Das ist kein Problem. Ehe du hier rauskommst, gebe ich dir ein paar von meinen Erfindungen, an denen du weiterarbeiten kannst. Wenn etwas aus ihnen wird, machen wir halbe-halbe.«

»Au fein!« rief Lem mit gestärkter Zuversicht.

»Mein junger Freund, ich muß doch nicht annehmen, daß das Unglück, welches dir widerfahren ist, dich irgendwie mutlos gemacht hat?« fragte Mister Whipple mit gespieltem Staunen.

»Aber ich bin nicht mal bis New York gekommen«, entschuldigte sich Lem.

»Amerika ist noch ein junges Land«, sagte Mister Whipple und nahm dabei seine öffentliche Pose an, »und wie viele junge Länder ist es noch roh und ungesetzt. Hier ist ein Mann heute Millionär und morgen Bettler, und niemand denkt deswegen schlecht von ihm. Das Rad wird sich drehen, das liegt in der Natur der Räder. Glaub den Narren nicht, die dir einreden wollen, daß der Arme keine Chance mehr habe, reich zu werden, weil das Land voll sei von Kettenläden. Immer noch heiraten Bürogehilfen die Töchter ihrer Arbeitgeber. Kleine Leute aus der Speditionsbranche werden immer noch Präsidenten von Eisenbahngesellschaften. Ja, neulich erst habe ich etwas über einen Fahrstuhlführer gelesen, der in der Lotterie hunderttausend Dollar gewonnen hat und als Partner in eine Maklerfirma aufgenommen wurde. Trotz der Kommunisten und ihrer üblen Propaganda gegen den Individualismus ist dies immer noch ein goldenes chancenreiches Land. Immer noch werden Erdölquellen in den Hinterhöfen der Bevölkerung aufgespürt. In unseren Gebirgseinöden sind noch Goldminen verborgen. Amerika ist...«

Doch während Shagpoke noch sprach, kam ein Gefängniswärter vorbei und zwang ihn, schleunigst zu seinen Pflichten zurückzukehren. Er verschwand mit der Bettpfanne, ehe noch Lem eine Gelegenheit hatte, ihm gebührlich für seine inspirierende kurze Ansprache zu danken.

Von dem Zuspruch, den Mister Whipple ihm hatte zuteil werden lassen, ganz erheblich aufgerichtet, besserte sich das Befinden unseres Helden sehr rasch. Eines Tages wurde er in das Büro von Mister Purdy, dem Direktor, bestellt. Dieser Beamte wies ihm den Gnadenerlaß des Gouverneurs vor.

Als Abschiedsgeschenk überreichte er Lem ein künstliches Gebiß. Dann brachte er ihn ans Gefängnistor und verweilte dortselbst mit dem Knaben, denn er hatte ihn liebgewonnen.

Mit einem herzhaften Händedruck zum Abschied sagte Mister Purdy:

»Angenommen, du hättest in New York einen Job gefunden, bei dem du fünfzehn Dollar die Woche kriegst. Bei uns hier warst du insgesamt zwanzig Wochen, es sind dir also dreihundert Dollar entgangen. Du hast aber während deines Aufenthaltes keine Pension bezahlt und damit etwa sieben Dollar die Woche oder zusammen hundertvierzig Dollar gespart. Es bleibt dir also ein Verlust von hundertsechzig Dollar. Aber es hätte dich mindestens zweihundert Dollar gekostet, dir alle Zähne ziehen zu lassen, so daß du in Wirklichkeit ein Plus von vierzig Dollar hast. Und das künstliche Gebiß, das ich dir gegeben habe, hat neu zwanzig Dollar gekostet und ist in seinem jetzigen Zustand noch immer wenigstens fünfzehn Dollar wert. Dein Gewinn beläuft sich somit auf fünfundfünfzig Dollar. Gar nicht schlecht für einen Jungen in deinem Alter, in zwanzig Wochen einen solchen Betrag zu sparen.«

10

Zusammen mit seiner Zivilkleidung händigte die Gefängnisbehörde Lem einen Umschlag mit den achtundzwanzig Dollar und sechzig Cent aus, die er am Tag seiner Verhaftung in der Tasche gehabt hatte.

Er verlor keine Zeit in Stamford, sondern ging sogleich zum ›Depot‹ und kaufte sich eine Fahrkarte nach New York. Als der Zug einfuhr und er einstieg, war er entschlossen, mit keinem Fremden zu sprechen. In diesem Vorsatz wurde er durch den Umstand bestärkt, daß er sich an sein künstliches Gebiß noch nicht gewöhnt hatte. Wenn er nicht mit großer Vorsicht verfuhr, fiel es ihm jedesmal, wenn er den Mund öffnete, in den Schoß.

Er kam heil auf dem Bahnhof Grand Central an. Zunächst verwirrten ihn das Geschiebe und Gedränge der Großstadt, doch als ein Chauffeur neben einer klapprigen Pierce-Arrow-Kraftdroschke ihn ansprach, hatte er Geistesgegenwart genug, den Kopf zu schütteln.

Der Fahrer war ein hartnäckiger Kerl. »Wo wollen Sie hin, junger Herr?« fragte er mit höhnischer Unterwürfigkeit. »Suchen Sie das Ritz-Hotel?«

Lem klemmte sein Gebiß fest und fragte: »Das ist einer von den kostspieligen Gasthöfen, nicht wahr?«

»Ja, aber ich fahr Sie auch zu einem billigen, wenn Sie mich nehmen.«

»Was kostet es?«

»Dreieinhalb Dollar, und einen halben Dollar für Ihr Gepäck.«

»Das da ist mein ganzes Gepäck«, sagte Lem und zeigte auf die Habseligkeiten, die er in ein rotes Taschentuch eingebunden hatte.

»Dann macht es drei Dollar«, sagte der Kutscher mit überlegenem Lächeln.

»Nein danke, ich gehe zu Fuß«, sagte unser Held. »Ich kann mir nämlich eine derartige Geldausgabe nicht leisten.«

»Sie können nicht zu Fuß gehen; von diesem Bahnhof bis in die Stadt sind es über zehn Meilen«, erwiderte der Kutscher ohne zu erröten, obwohl sie offensichtlich mitten in der City waren.

Ohne ein weiteres Wort machte Lem auf

dem Absatz kehrt und ließ den Kutscher stehen. Als er sich den Weg durch die wimmelnden Straßen bahnte, beglückwünschte er sich selber zu der Art und Weise, wie er sein erstes Treffen bestanden hatte. Daß er bei klarem Kopf geblieben war, hatte ihm über ein Zehntel seines Kapitals gerettet.

Lem wurde eines Erdnußstands gewahr und erwarb aus Zweckmäßigkeitserwägungen eine Tüte der schmackhaften Schmetterlingsblüterfrucht.

»Ich komme vom Land«, sagte er zu dem ehrlich aussehenden Händler. »Könnten Sie mir ein billiges Hotel empfehlen?«

»Ja«, sagte der ambulante Händler und lächelte über den Freimut des Knaben. »Ich kenne eins, wo es nur einen Dollar pro Tag kostet.«

»Ist das billig?« fragte unser Held überrascht. »Was verlangen sie denn dann im Ritz-Hotel?«

»Ich habe dort noch nie logiert, aber soweit ich weiß, sind es bis zu drei Dollar pro Tag.«

»Oha!« pfiff Lem. »Denken Sie mal an. Einundzwanzig Dollar die Woche. Aber ich nehme an, daß sie einem dafür auch allerhand bieten.«

»Ja, soweit ich weiß, ist die Küche dort hervorragend.«

»Würden Sie mir bitte freundlicherweise erklären, wie ich zu dem billigeren komme, das Sie anfangs erwähnten?«

»Aber gewiß.«

Es war das Commercial House, das der Erdnußhändler Lem vorschlug. Diese Herberge befand sich unten in der Stadt ganz in der Nähe der Bowery, und als elegant ließ sie sich beim besten Willen nicht bezeichnen. Jedoch genoß sie bei vielen kleinen Geschäftsleuten hohes Ansehen. Unserem Helden sagte die Hotelpension sehr zu, als er sie endlich gefunden hatte. Ein gutes Hotel hatte er noch nie gesehen, und da dieses Gebäude die Büros um fünf Geschosse überragte, erschien es ihm recht imposant.

Nachdem man ihm sein Zimmer gezeigt hatte, ging Lem wieder nach unten und fand das Mittagessen bereit, denn es war Mittagszeit. Er aß mit dem Appetit eines Jungen vom Land. Es war keine luxuriöse Mahlzeit, aber im Vergleich zur Küche des Gefängnisdirektors Purdy war es ein Mahl für die Götter.

Als er mit dem Essen fertig war, fragte Lem den Hotelportier nach Asa Goldsteins

Laden auf der Fifth Avenue. Er erfuhr, daß er zum Washington Square laufen und dann den Bus stadtaufwärts nehmen solle.

Nach einer aufregenden Fahrt durch jene wunderschöne Verkehrsader stieg Lem vor einem Laden aus, dessen Front die Aufschrift trug:

Asa Goldstein, Ltd.
Koloniale Inneneinrichtung und Architektur

und in dessen Schaufenster tatsächlich seine alte Heimstatt stand.

Anfangs traute der arme Junge seinen Augen nicht, aber doch, dort stand sie genau wie in Vermont. Was ihm unter anderem auffiel, war der verwahrloste Zustand des alten Hauses. Als er und seine Mutter es noch bewohnt hatten, hatten sie es weitaus besser in Schuß gehalten.

Unser Held starrte das Ausstellungsstück so lange an, daß er die Aufmerksamkeit eines der Verkäufer auf sich zog. Dieses zuvorkommende Individuum trat auf die Straße heraus und sprach Lem an.

»Sie sind ein Bewunderer der Architektur Neu-Englands?« fragte er, um unsrem Helden auf den Zahn zu fühlen.

»Nein; mich interessiert speziell dieses Haus da, Sir«, versetzte Lem wahrheitsgemäß. »Ich habe nämlich darin gewohnt. Genau gesagt bin ich in eben diesem Haus geboren.«

»Was Sie nicht sagen«, bemerkte der Verkäufer höflich. »Vielleicht möchten Sie eintreten und es unmittelbar in Augenschein nehmen.«

»Danke sehr«, erwiderte Lem dankbar. »Es wäre mir in der Tat ein großes Vergnügen.«

Unser Held folgte dem liebenswürdigen Verkäufer und erhielt die Erlaubnis, sein altes Haus aus nächster Nähe zu betrachten. Um die Wahrheit zu sagen, er sah es durch einen Tränenschleier, denn er konnte an nichts anderes denken als an seine arme verschollene Mutter.

»Ob Sie wohl so freundlich wären, mir eine geringfügige Auskunft zuteil werden zu lassen?« fragte der Verkäufer und deutete auf eine von Reparaturen fleckige alte Kommode. »Wo hätte Ihre Mutter ein solches Möbelstück hingestellt, sofern sie dergleichen ihr eigen genannt hätte?«

Lems erster Gedanke beim Anblick des

fraglichen Gegenstandes war, zu antworten, daß sie ihn in den Schuppen gestellt hätte, doch als er sah, welchen Wert der Verkäufer ihm beimaß, besann er sich eines besseren. Nach kurzem Nachdenken zeigte er auf eine Stelle neben dem Kamin und sagte: »Ich glaube, da hätte sie es hingestellt.«

»Was habe ich Ihnen gesagt!« rief der Verkäufer entzückt seinen Kollegen zu, die sich eingefunden hatten, um Lems Antwort zu hören. »Das ist genau die Stelle, die ich dafür ausgesucht habe.«

Darauf brachte der Verkäufer Lem an die Tür und drückte dem Jungen einen Zweidollarschein in die Hand, als er sie zum Abschied schüttelte. Lem wollte das Geld zurückweisen, weil er das Gefühl hatte, es nicht verdient zu haben, doch man drang in ihn, es zu nehmen. Der Verkäufer sagte Lem, er habe ihnen das Honorar erspart, das ein Experte verlangt hätte, da es für sie sehr wichtig sei, genau zu wissen, wo die Kommode hingehörte.

Unsren Helden beflügelte dieser Glückstreffer beträchtlich, und er staunte über die Leichtigkeit, mit der in New York zwei Dollar zu verdienen waren. Bei einem solchen

Lohnsatz, rechnete er sich aus, würde er sechsundneunzig Dollar pro Achtstundentag oder fünfhundertsiebenundsechzig Dollar pro Sechstagewoche verdienen. Wenn er nicht schlappmachte, hätte er im Nu eine Million beisammen.

Vom Laden ging Lem westwärts zum Central Park und setzte sich an der Promenade auf eine Bank in der Nähe des Reitwegs, um zu beobachten, wie die Leute aus der besseren Gesellschaft auf ihren schönen Pferden vorüberritten. Seine Aufmerksamkeit wurde in besonderem Maße von einem Mann gefesselt, der einen kleinen gefederten Wagen kutschierte, neben dem fünf prächtige Dalmatiner einherliefen, ›Kutschenhunde‹, wie sie zuweilen genannt werden. Obwohl Lem dieser Umstand nicht bewußt war, war der Mann auf dem Wagen niemand anders als Mister Asa Goldstein, dessen Laden er gerade einen Besuch abgestattet hatte.

Auf dem Lande aufgewachsen, stellte der Junge alsbald fest, daß Mister Goldstein mit den Pferden nicht eben geschickt umzugehen wußte. Indessen lenkte diese Persönlichkeit sein schönes Gespann zueinander passender Brauner nicht, wie man hätte annehmen können, zum Vergnügen, sondern zum Geldverdienen. Er hatte in seinem Lager eine große Kollektion alter Wagen angesammelt, und indem er in einem davon die Promenade entlangkutschierte, hoffte er, jene Art von Equipagen in Mode zu bringen und seinen Vorrat so loszuschlagen.

Während Lem beobachtete, wie linkisch der Ladenbesitzer die ›Riemen‹ beziehungsweise Zügel handhabte, scheute das rechte Pferd, das sehr unruhig war, vor einem vorübergehenden Polizisten und ging durch. Seine Panik teilte sich unverzüglich dem anderen Pferd mit, und schwankend und unheildrohend schoß der Wagen den Weg entlang. Mister Goldstein fiel heraus, als sein Gefährt umkippte, und Lem mußte über den komischen, Abscheu mit Kummer verbindenden Ausdruck lachen, der dabei auf sein Antlitz trat.

Doch plötzlich schwand Lems Lächeln, und sein Gesicht erstarrte, denn er sah, daß es sogleich zu einer Katastrophe kommen mußte, wenn nicht auf der Stelle etwas unternommen wurde, die scheuenden Vollblutpferde aufzuhalten.

11

Der Grund für das jähe Verschwinden des Lächelns aus dem Gesicht unseres Helden ist leicht erklärt. Er hatte einen alten Herrn und seine schöne junge Tochter bemerkt, die sich soeben anschickten, den Reitweg zu überqueren, und sah, daß sie in wenigen Augenblicken von den eisernen Hufen der dahinschießenden Tierleiber zermalmt werden würden.

Lem zögerte nur so lange, wie er brauchte, um sein künstliches Gebiß festzuklemmen, und stürzte dann den Pferden in den Weg. Mit großer Kraft und Behendigkeit ergriff er ihre Zügel und zerrte dermaßen daran, daß sie sich aufbäumend zum Stehen kamen, von dem verwunderten und gründlich erschreckten Paar nur noch wenige Schritte entfernt.

»Dieser Junge hat Ihnen das Leben gerettet«, sagte einer der Umstehenden zu dem alten Herrn, der niemand anders war als Mister Levi Underdown, Präsident der Underdown National Bank and Trust Company.

Unglücklicherweise jedoch war Mister Underdown ein wenig schwerhörig, und obwohl ihn, wie seine vielen großen Werke der Barmherzigkeit zeigten, eine außerordentliche Güte auszeichnete, war er doch auch sehr reizbar. Er mißdeutete gänzlich das Wesen der Anstrengungen, die unser Held auf sich genommen hatte, und hielt den armen Jungen für einen unachtsamen Stallknecht, der auf seine Schützlinge nicht richtig aufgepaßt hatte. Heftiger Zorn überkam ihn.

»Sie würde ich gerne einlochen lassen, junger Mann«, sagte der Bankier und fuchtelte mit dem Regenschirm vor unserm Helden herum.

»Oh, bitte nicht, Vater!« unterbrach ihn seine Tochter Alice, die den Zwischenfall ebenfalls mißdeutete. »Laß ihn nicht verhaften. Er hat wahrscheinlich irgendeinem hübschen Kindermädchen den Hof gemacht und seine Pferde vergessen.« Daraus ist leicht zu ersehen, daß die junge Dame von romantischer Geistesart war.

Sie lächelte unsrem Helden freundlich zu und führte ihren erzürnten Vater von der Szene.

Lem war außerstande gewesen, ein Wort

der Erklärung herauszubringen, weil ihm während seines Ringens mit den Pferden die Zähne herausgefallen waren und er ohne sie nicht sprechen mochte. Ihm blieb nur übrig, den sich entfernenden Rücken mit stummem, aber wirkungslosem Ärger nachzusehen.

Da sonst nichts zu tun war, händigte Lem die Zügel des Gespanns Mister Goldsteins Stallknecht aus, der in diesem Augenblick herbeigerannt kam, und wandte sich um, um im Schlamm des Reitwegs sein Kauwerkzeug zu suchen. Während er damit beschäftigt war, trat ein Mann auf ihn zu, der die Versicherungsgesellschaft vertrat, bei der Mister Goldstein haftpflichtversichert war.

»Hier sind zehn Dollar, mein Junge«, sagte der Schadensprüfer. »Der Herr, dessen Pferde Sie so tapfer aufgehalten haben, hat Ihnen das Geld als Belohnung zugedacht.«

Lem nahm es ohne zu überlegen.

»Bitte unterschreiben Sie mir das«, fügte der Versicherungsmensch hinzu und hielt ihm ein Formular hin, das seine Gesellschaft von jeglichen Schadensersatzansprüchen befreite.

Ein Auge von Lem war von einem hochgeschleuderten Stein so sehr verletzt worden, daß er nichts erkennen konnte, aber dennoch verweigerte er seine Unterschrift.

Der Schadensprüfer nahm Zuflucht zu einer List. »Ich sammle Autogramme«, sagte er gerissen. »Dummerweise habe ich mein Album nicht bei mir, aber wenn Sie so nett wären, diesen Zettel hier zu unterschreiben, den ich zufällig in der Tasche hatte, würden Sie mir eine große Freude machen. Wenn ich nach Hause komme, übertrage ich Ihr Autogramm sogleich an einen hervorragenden Platz in meiner Sammlung.«

Von dem Schmerz in seinem verletzten Auge benommen, unterschrieb Lem, um den aufdringlichen Kerl loszuwerden, und bückte sich dann wieder, um sein Gebiß zu suchen. Schließlich entdeckte er es tief in dem Schlamm des Reitwegs. Sorgsam hob er den Zahnersatz auf und ging zu einem öffentlichen Trinkwasserbrunnen mit der doppelten Absicht, sowohl ihn als auch sein verletztes Auge zu waschen.

12

Während er sich noch am Brunnen zu schaffen machte, näherte sich ein junger Mann. Dieser Fremde unterschied sich vom Durchschnitt durch sein langes schwarzes Haar, das ihm in Wellen hinten über den Kragen fiel, und durch eine ungewöhnlich hohe und breite Stirn. Auf dem Kopf trug er einen schwarzen Filzhut mit einer enorm breiten Krempe. Sowohl seine Krawatte (Windsor) wie seine Gesten (romanisch) strömten mit der gleichen anmutigen Freiheit wie sein Haar.

»Verzeihung«, sagte dieses sonderbar aussehende Individuum, »aber ich war Zeuge Ihrer heldenhaften Tat und möchte mir die Freiheit nehmen, Sie zu beglückwünschen. In diesen Zeiten sonder Mark und Kraft erblickt man in der Tat nur selten einen Helden in Aktion.«

Lem war verlegen. Er steckte sich eilig das Gebiß in den Mund und dankte dem Fremden für sein Lob. Jedoch wusch er weiter sein verletztes Auge, das ihm immer noch erheblichen Schmerz verursachte.

»Darf ich mich vorstellen«, fuhr der junge Mann fort. »Ich bin Sylvanus Snodgrasse, Dichter um des Berufes und der Bereicherung willen. Dürfte ich Ihren Namen erfahren?«

»Lemuel Pitkin«, antwortete unser Held und machte keinen Versuch, die Tatsache zu verleugnen, daß er diesen selbsternannten ›Dichter‹ mit Argwohn betrachtete. Vieles an ihm erinnerte Lem nämlich an Mister Wellington Mape.

»Mister Pitkin«, sagte er großartig, »ich beabsichtige eine Ode über die Tat zu schreiben, die Sie am heutigen Tage vollbrachten. Vielleicht wissen Sie, da Sie bescheiden sind wie ein wahrer Held, die Bedeutung, die Klassikalität – wenn mir ein Neologismus gestattet ist – Ihrer Leistung gar nicht gebührend einzuschätzen. Armer Junge, dahinjagendes Gespann, Bankierstochter ... das liegt in der echten amerikanischen Tradition und entspricht vollkommen meiner heimatlichen Leier. Schande über diese kränklichen Prousts, US-Dichter haben über die USA zu schreiben.«

Unser Held ließ sich nicht darauf ein, diese Sentiments zu kommentieren. Unter anderem tat sein Auge so weh, daß sogar sein Gehör von dem Schmerz in Mitleidenschaft gezogen wurde.

Snodgrasse redete weiter, und bald sammelte sich eine Schar von Neugierigen um ihn und Lemuel. Der ›Dichter‹ sprach nicht mehr zu unserem Helden, sondern zu der Menge im allgemeinen.

»Meine Herren«, sagte er mit einer Stimme, die bis zum Südende des Central Park reichte, »und Damen, ich bin dermaßen ergriffen von dem Heldentum dieses Jugendlichen, daß ich ein paar Bemerkungen machen möchte.

Auch vor ihm schon gab es Helden – Leonidas, Quintus Maximus, Wolfe Tone, Deaf Smith, um nur einige zu nennen –, doch sollte uns das nicht abhalten, in L. Pitkin den Helden wenn nicht unserer Zeit, so doch der unmittelbaren Vergangenheit zu grüßen.

Einer der auffallendsten Züge an seinem Heldentum ist die Vorherrschaft des Pferdemotivs, in das hier tatsächlich nicht nur ein Pferd verwickelt ist, sondern deren zwei. Das ist bedeutungsvoll, weil die Wirtschaftskrise uns Amerikanern gewisse geistige Entbehrungen zum Bewußtsein gebracht hat, von denen das Pferd als Symbol nicht die geringste ist.

Jede große Nation hat ihre Symbol-Pferde. Die Größe, die Griechenland einst war, wird durch jene wunderbaren Roßwesen unsterblich gemacht, halb Gott, halb Tier, die man an den Seiten des Parthenonfrieses bis auf den heutigen Tag sehen kann. Rom, die ewige Stadt, wie vollkommen ist ihre Glorie in jenen kriegerischen Schlachtrössern festgehalten, die ihre furchterregenden Formen Titus' Triumph entgegenbäumen! Und Venedig, die Königin der Adria, hat sie nicht geflügelte Seepferde, der Luft wie dem Wasser verwandt?

Ach, nur wir entbehren sie. Verweisen Sie nicht auf General Shermans Pferd, oder ich werde wütend, denn dieses miese Mietpferd ist gar nichts, ich wiederhole: nichts. Ich wünschte, daß alle meine Zuhörer nach Hause gehen und auf der Stelle an ihre Kongreßabgeordneten schreiben, um zu verlangen, daß in jedem öffentlichen Park unseres großen Landes eine Statue aufgestellt wird, die Pitkins heldenhafte Tat verewigt.«

Obwohl Sylvanus Snodgrasse in dieser Art noch eine Weile fortfuhr, will ich die Berichterstattung über seine Ansprache hier abbrechen und Sie, verehrter Leser, von seinem wahren Zweck in Kenntnis setzen. Wie Sie wahrscheinlich schon erraten haben, war er nicht so harmlos, wie er wirkte. Die Wahrheit ist die, daß in der Zeit, da er die Umstehenden unterhielt, seine Helfershelfer unbeachtet in der Menge umhergingen und in die Taschen der Leute langten.

Sie hatten die ganze Menschenansammlung bereits erleichtert, unsern Helden eingeschlossen, als ein Polizist auftauchte. Snodgrasse brach seine Rede auf der Stelle ab und eilte seinen Komplizen nach.

Der Polizeiwachtmeister zerstreute die Ansammlung, und es entfernten sich alle außer Lem, der in tiefer Ohnmacht auf der Erde lag. In der Annahme, der arme Junge wäre betrunken, versetzte ihm der Blaurock ein paar Tritte, doch als auch einige kräftige Schläge in die Leistengegend ihn immer noch nicht wieder in Trab brachten, beschloß er, einen Krankenwagen zu rufen.

13

An einem Wintermorgen mehrere Wochen nach dem Zwischenfall im Park wurde Lem abzüglich seines rechten Auges aus dem Krankenhaus entlassen. Es war so schwer verletzt gewesen, daß die Ärzte es für besser gehalten hatten, es zu entfernen.

Er hatte kein Geld, da Snodgrasses Leute ihn, wie berichtet, ausgeraubt hatten. Selbst die Zähne, die Gefängnisdirektor Purdy ihm gegeben hatte, waren weg. Die Krankenhausleitung hatte sie ihm fortgenommen, weil sie ihm angeblich nicht richtig paßten und deshalb eine Gefahr für seine Gesundheit darstellten.

Der arme Junge stand an einer zugigen Ecke und wußte nicht wohin, als er einen Mann mit einer Waschbärenpelzmütze erblickte. Diese auffallende Kopfbedeckung zog Lems Blick auf sich, und je länger er hinsah, desto mehr schien der Mann Shagpoke Whipple zu gleichen.

Er war es, Mister Whipple. Lem rief ihn schnell an, und der Ex-Präsident blieb stehen, um seinem jungen Freund die Hand zu reichen.

»Noch zu diesen Erfindungen«, sagte Shagpoke, kaum daß sie sich begrüßt hatten. »Zu dumm, daß du aus dem Zuchthaus weg warst, bevor ich sie dir übergeben konnte. Da ich deinen Aufenthaltsort nicht wußte, habe ich sie selber fertig entwickelt. Aber gehen wir doch in ein Café«, setzte er hinzu und wechselte das Thema, »wo wir von deinen Zukunftsaussichten reden können. Ich habe nach wie vor großes Interesse an deiner Karriere. Ja, mein junger Freund, Amerika hat seine Jugend nie dringender gebraucht als in diesen schlimmen Zeiten.«

Nachdem unser Held ihm für sein Interesse und seine guten Wünsche gedankt hatte, fuhr Mister Whipple fort. »Da wir gerade beim Kaffee sind«, sagte er, »wußtest du, daß das Schicksal unsres Landes während der hektischen Tage vor der damaligen Rebellion in den Kaffeehäusern Bostons entschieden wurde?«

Während sie vor der Tür eines Lokals stehenblieben, stellte Mister Whipple Lem noch eine Frage. »Apropos«, sagte er, »ich bin zur Zeit mittellos. Bist du imstande, die Kosten zu tragen, die wir in diesem Lokal verursachen werden?«

»Nein«, erwiderte Lem traurig, »ich habe keinen Penny.«

»Dann ist das was anderes«, sagte Mister Whipple mit einem tiefen Seufzer. »In diesem Fall gehen wir irgendwo hin, wo ich Kredit habe.«

Lem wurde von seinem Mitbürger in einen überaus ärmlichen Stadtteil geführt. Nachdem sie etliche Stunden Schlange gestanden hatten, erhielt jeder von ihnen von dem diensttuenden Heilsarmeemädchen einen Schmalzkuchen und eine Tasse Kaffee. Sie setzten sich auf den Bordstein, um ihren kleinen Imbiß zu verzehren.

»Vielleicht fragst du dich«, begann Shagpoke, »wie es kommt, daß ich mit diesen Obdachlosen Schlange stehe, um schlechten Kaffee und klitschige Schmalzkuchen in Empfang zu nehmen. Sei versichert, ich tue es aus freien Stücken und zum Wohle des Staates.«

An dieser Stelle hielt er lange genug inne, um geschickt eine noch brennende Kippe aufzulesen. Er paffte zufrieden an seinem Fund.

»Als ich aus dem Gefängnis kam, hatte ich die Absicht, mich noch einmal in ein Amt wählen zu lassen. Doch ich entdeckte zu meinem großen Erstaunen und tiefem Schrecken, daß meine Partei, die Demokratische Partei, keinen einzigen Punkt mehr in ihrem Programm hatte, den ich ehrlich hätte unterschreiben können. Krasser Sozialismus hatte um sich gegriffen und greift weiter um sich. Wie hätte ich, Shagpoke Whipple, mich je dazu bringen können, ein Programm zu akzeptieren, das versprach, den amerikanischen Bürgern ihr unveräußerliches Geburtsrecht zu nehmen: das Recht, ihre Arbeitskraft und die ihrer Kinder ohne Beschränkung des Preises und der Stundenzahl zu verkaufen?

Die Zeit für eine neue Partei mit den alten amerikanischen Prinzipien war überreif, wie mir klarwurde. Ich beschloß, sie zu gründen; und so wurde die Nationalrevolutionäre Partei ins Leben gerufen, volkstümlich als ›Lederhemden‹ bekannt. Die Uniform unserer ›Sturmabteilung‹ besteht aus einer Waschbärenpelzmütze, wie ich sie trage, einem Wildlederhemd und einem Paar Mokassins. Unsre Waffe ist das appalachische Eichhörnchengewehr.«

Er deutete auf die lange Schlange der Arbeitslosen, die vor der Heilsarmeekantine standen. »Diese Männer«, sagte er, »sind das Menschenmaterial, aus dem ich die Reihen meiner Partei füllen muß.«

Mit der ganzen Förmlichkeit eines Priesters wandte sich Shagpoke zu unserem Helden und legte ihm die Hand auf die Schulter.

»Mein Junge«, sagte er, und seine Stimme brach unter der Bürde von Gefühlen, die zu tragen sie gezwungen war, »mein Junge, wirst du mir beistehen?«

»Aber ja doch, Sir«, sagte Lem ein wenig unsicher.

»Sehr gut!« rief Mister Whipple. »Sehr gut! Hiermit ernenne ich dich zum Kommandeur und zum Angehörigen meines Generalstabs.«

Er hievte sich hoch und salutierte; Lem fand die Geste verwunderlich.

»Kommandeur Pitkin«, befahl er scharf, »ich habe den Wunsch, zu diesen Menschen zu sprechen. Bitte beschaffen Sie mir eine Seifenkiste.«

Unser Held tat, wie geheißen, und kehrte bald darauf mit einer großen Kiste zurück, die Mister Whipple unverzüglich bestieg.

Dann machte er sich daran, die Aufmerksamkeit der Obdachlosen vor der Heilsarmeekantine zu erregen, indem er rief:

»Der Raisin-Fluß bleibt unvergessen!
Der Alamo bleibt unvergessen!
Die Maine bleibt unvergessen!«
sowie viele andere berühmte Slogans.

Als sich eine große Menge angesammelt hatte, begann Shagpoke seine Ansprache.

»Ich bin ein einfacher Mensch«, sagte er mit großer Einfachheit, »und ich möchte zu Ihnen über einfache Dinge sprechen. Hochgestochene Redensarten sind nicht meine Sache. Zunächst mal: ihr wollt alle Arbeit, stimmt's?«

Ein drohendes, zustimmendes Gegrummel kam aus den Kehlen der ärmlich gekleideten Versammlung.

»Nun, das ist das erste und das Hauptziel der Nationalrevolutionären Partei – allen Arbeit zu verschaffen. 1927 gab es genug Arbeit für alle, warum nicht heute? Ich will es euch sagen: wegen der internationalen jüdischen Bankiers und wegen der bolschewistischen Gewerkschaften, darum. Diese beiden Agenten sind es gewesen, die alles getan haben, das amerikanische Geschäftsleben zu stören und seine ruhmvolle Expansion zu stoppen. Die ersteren, weil sie Amerika hassen und Europa lieben, und die letzteren, weil sie nach höheren und immer höheren Löhnen gieren.

Welche Rolle spielt die Gewerkschaft heute? Sie ist ein privilegierter Verein, der seinen Mitgliedern die besten Posten zuschachert. Wenn einer von euch sich um einen Job bewirbt – kriegt er ihn, selbst dann, wenn der Mann, dem die Fabrik gehört, ihn einstellen will? Nicht, wenn er keine Gewerkschaftskarte vorweisen kann. Ist eine schlimmere Tyrannei denkbar? Ist die Freiheit je schamloser mit Füßen getreten worden?«

Diese Äußerungen wurden von seiner Zuhörerschaft mit Jubelrufen aufgenommen.

»Bürger, Amerikaner«, fuhr Mister Whipple fort, als der Lärm abgeebbt war, »wir Angehörigen des Mittelstands werden zwischen zwei gigantischen Mühlsteinen zermalmt. Das Kapital ist der Stein über uns und die Gewerkschaft der unter uns, und zwischen ihnen leiden und sterben wir, wird uns das Leben ausgepreßt.

Das Kapital ist international; es ist in London und Amsterdam zu Hause. Die Gewerkschaftsbewegung ist international; sie ist in Moskau zu Hause. Nur wir sind Amerikaner; und wenn wir zugrunde gehen, geht Amerika zugrunde.

Wenn ich das sage, so sind das keine hohlen Worte, denn die Geschichte gibt mir recht. Wer, wenn nicht der Mittelstand, hat das aristokratische Europa verlassen, um an diesen Ufern zu siedeln? Wer, wenn nicht der Mittelstand, die kleinen Farmer und Ladenbesitzer, die Angestellten und niederen Beamten, haben die Freiheit erkämpft und ihr Leben gelassen, auf daß Amerika britischer Tyrannei ledig würde?

Dies ist unser Land, und wir müssen darum kämpfen, daß es das bleibt. Wenn Amerika jemals wieder zur Größe gelangen soll, dann nur durch den Triumph des revolutionären Mittelstands.

Wir müssen die internationalen jüdischen Bankiers aus der Wall Street verjagen! Wir müssen unser Land von all den fremden Elementen und Ideen säubern, die es heute verseuchen!

Amerika den Amerikanern! Zurück zu den Prinzipien von Andy Jackson und Abe Lincoln!«

Hier machte Shagpoke eine Pause, um die Hochrufe verklingen zu lassen, dann forderte er Freiwillige auf, seinen ›Sturmbataillonen‹ beizutreten.

Eine Reihe von Männern traten vor. An ihrer Spitze befand sich ein sehr dunkelhäutiges Individuum, das extra lange Haare von höchst grober Beschaffenheit hatte und auf dessen Kopf ein runder Filzhut saß, der ihm um viele Nummern zu klein war.

»Ich amerikanischer Manns«, verkündete er stolz. »Ich haben Haufen Waschbär-Hut, zwei vielleicht sechs. Dann, dann fangen Menge mehr Waschbär vielleicht.« Dabei grinste er über das ganze Gesicht.

Doch Shagpoke war von seiner Hautfarbe wenig angetan und sah ihn ungnädig an. Im Süden, wo er mit beträchtlicher Unterstützung für seine Bewegung rechnete, würden sie Neger nicht dulden.

Der gutmütige Fremde schien zu fühlen, was nicht stimmte, denn er sagte: »Ich Injaner, Mister, ich Häuptling von mein Volk. Haben Goldmine, Ölquelle. Name sein Jake Raven. Hugh!«

Shagpoke wurde sofort herzlich. »Häuptling Jake Raven«, sagte er und streckte ihm die Hand entgegen, »ich bin glücklich, Sie in unserer Organisation willkommen heißen zu können. Wir ›Lederhemden‹ können viel von Ihrem Volk lernen, unter anderem Standhaftigkeit, Tapferkeit und unbeirrbare Zielstrebigkeit.«

Nachdem er seinen Namen notiert hatte, reichte Shagpoke dem Indianer eine Karte mit folgendem Wortlaut:

EZRA SILVERBLATT
Offizieller Schneider
der
Nationalrevolutionären Partei
Waschbärenpelzmützen mit extra langen Schwänzen,
Wildlederhemden mit oder ohne Fransen, Bluejeans, Mokassins, Eichhörnchengewehre, alles für den amerikanischen Faschisten zu Niedrigstpreisen. 30% Rabatt bei Barzahlung.

Doch wir wollen Mister Whipple und Lem bei der Mitgliederrekrutierung allein lassen, um dafür das Verhalten eines bestimmten Mannes in der Menge zu beobachten.

Das fragliche Individuum wäre in jeder Menschenansammlung aufgefallen, aber unter den ausgehungerten, zerlumpten Männern, die Shagpoke umgaben, stach er hervor wie der sprichwörtliche Esel auf Schlittschuhen. Gewiß waren auch andere dicke Männer da, aber sie sahen gelblich und ungesund aus, während das Fett dieses Mannes rosa war und vor Gesundheit glänzte.

Auf seinem Kopf trug er eine prachtvolle Melone. Sie war von einem wunderschönen tiefen Schwarz und mußte über zwölf Dollar gekostet haben. Es umschmiegte ihn ein enganliegender einreihiger Mantel mit schwarzem Samtkragen. Sein Hemd mit steifer Hemdbrust hatte helle graue Streifen, und seine Krawatte war aus einem kostbaren, aber unauffälligen Stoff mit kleinen schwarzweißen Karos. Gamaschen, Spazierstock und gelbe Handschuhe vervollständigten seinen Anzug.

Dieser so kunstvoll ausstaffierte Mann schlich sich auf Zehenspitzen aus der Menge fort und suchte die Telefonzelle in einem nahgelegenen Drugstore auf, wo er zwei Nummern anrief.

Sein Gespräch mit der Person, die seinen ersten Anruf im Amtsbereich Wall Street annahm, verlief etwa folgendermaßen:

»V-Mann-Führer 6384XM, Standort Bourse, Paris, Frankreich. Mittelständische Propagandisten bearbeiten Arbeitslosenfront, Houston Ecke Bleecker Street.«

»Danke, 6384XM, was schätzen Sie?«

»Zwanzig Mann und ein Feuerwehrschlauch.«

»Sofort, 6384XM, sofort.«

Sein zweiter Anruf galt einem Büro am Union Square.

»Genosse R bitte... Genosse R?«

»Ja.«

»Genosse R, hier ist Genosse Z. Geh Peh Uh, Moskau, Rußland. Mittelständische Agitatoren rekrutieren Houston Ecke Bleecker Street.«

»Ihre Schätzung für die Liquidierung besagter Aktivität?«

»Zehn Mann mit Bleirohren und Schlagringen in Zusammenarbeit mit dem Wall-Street-Büro der I.J.B.«

»Keine Bomben erforderlich?«

»Nein, Genosse.«

»Der Tag!«

»Der Tag!«

Mister Whipple hatte gerade sein siebenundzwanzigstes Mitglied aufgenommen, als die Kräfte der internationalen jüdischen Bankiers und der Kommunisten aus verschiedenen Richtungen auf seine Versammlung zusteuerten. Sie kamen in starkmotorisierten schwarzen Limousinen und bewegten sich mit einem Geschick durch die Straßen, welches bezeugte, daß sie in dieser Sorte Arbeit lange und sorgfältig trainiert worden waren. Tatsächlich waren ihre Offiziere alle Absolventen der Militärakademie West Point.

Mister Whipple sah sie kommen, aber wie ein guter General dachte er zunächst an seine Leute.

»Die Nationalrevolutionäre Partei geht jetzt in den Untergrund!« rief er.

Von früheren Erfahrungen mit der Polizei gewitzt, machte sich Lem sofort aus dem Staub und Häuptling Raven gleich nach ihm. Shagpoke jedoch zögerte zu lange. Er hatte noch einen Fuß auf der Seifenkiste, als ein schrecklicher Schlag mit einem Bleirohr ihn auf den Kopf traf.

14

»Mann, wenn Sie dies Glasauge tragen können, dann hab ich einen Job für Sie.«

Der Sprecher war ein außerordentlich adretter Gentleman mit einem hellgrauen weichen runden Filzhut und einem Pincenez mit schwarzem Seidenband, das in einer anmutigen Schleife auf seinen Mantelausschnitt hinabfiel.

Während er sprach, hielt er auf ausgestreckter Handfläche ein wunderschönes Glasauge.

Aber das Ziel seiner Worte blieb stumm; es rührte sich nicht einmal. Nur ein geübter Beobachter hätte erkannt, daß er nicht zu einem Bündel alter Lumpen sprach, welches jemand auf einer Parkbank zurückgelassen hatte.

Das Auge hin und her wendend, so daß es wie ein Kleinod in der Wintersonne funkelte, wartete der Mann geduldig, daß das Bündel eine Antwort gab. Von Zeit zu Zeit stocherte er energisch mit seinem Gehstock nach ihm.

Plötzlich drang ein Stöhnen aus den Lumpen, und sie regten sich leicht. Der Stock hatte offenbar eine empfindliche Stelle berührt. Ermutigt wiederholte der Mann seinen ursprünglichen Vorschlag.

»Können Sie dies Auge tragen? Dann stelle ich Sie ein.«

Darauf gab das Bündel ein paar spasmodische Zuckungen und ein leises Wimmern von sich. Irgendwo unter seinem Gipfel erschien ein Gesicht, dann kam eine grünliche Hand hervor und nahm das glitzernde Auge, um es an eine leere Augenhöhle im oberen Teil des Gesichts zu führen.

»Hier, ich bin Ihnen behilflich«, sagte der Besitzer des Auges freundlich. Mit ein paar geschickten Bewegungen hatte er es in dem ihm zukommenden Behältnis befestigt.

»Tadellos!« rief der Mann, trat etwas zurück und bewunderte seine Arbeit. »Tadellos! Sie sind eingestellt!«

Er faßte in seinen Mantel und zog eine Brieftasche hervor, der er einen Fünf-Dollar-Schein und eine Visitenkarte entnahm. Er legte beides auf die Bank neben den Einäugigen, der inzwischen wieder zu einem schweigsamen Bündel schmieriger Lumpen geworden war.

»Lassen Sie sich die Haare schneiden, baden Sie und essen Sie reichlich, dann gehen Sie zu meiner Schneiderfirma, Ephraim Pierce & Söhne, dort wird man Sie einkleiden. Wenn Sie sich sehenlassen können, suchen Sie mich im Ritz-Hotel auf.«

Mit diesen Worten machte der Träger des grauen Filzhuts auf dem Absatz kehrt und ging zum Ausgang des Parks.

Wenn Sie die Wahrheit noch nicht erraten haben, lieber Leser, dann lassen Sie mich Sie mit der Tatsache bekanntmachen, daß das Lumpenbündel unseren Helden enthielt, Lemuel Pitkin. Denn ach, in eine so bedauernswerte Lage war er geraten.

Nach dem unglücklichen Ende, das Shagpokes Versuch genommen hatte, Männer für seine ›Lederhemden‹ anzuwerben, war es mit ihm schnell immer weiter bergab gegangen. Da er kein Geld hatte und auch keine Ahnung, wie er zu welchem kommen konnte, war er erfolglos von einer Stellenvermittlungsagentur zur nächsten gezogen. So weit heruntergekommen, daß er aus Mülltonnen essen und auf leeren Grundstücken schlafen mußte, war er immer zerlumpter und entkräfteter geworden, bis er jenen Zustand erreicht hatte, in dem wir ihn zu Anfang dieses Kapitels vorgefunden haben.

Nunmehr jedoch standen die Dinge wieder besser, und dieser Umschwung kam eben zur rechten Zeit, muß ich gestehen, denn an unserem Helden nagten bereits Zweifel, ob er wohl je sein Glück machen werde.

Lem steckte die fünf Dollar ein, die der Fremde ihm dagelassen hatte, und betrachtete eingehend dessen Karte.

Elmer Hainey, Esquire
Ritz-Hotel

Mehr besagte das gravierte Stück Karton nicht. In welcher Branche oder welchem freien Beruf der Fremde tätig war, verriet es nicht. Das jedoch störte Lem überhaupt nicht, sah es doch wenigstens so aus, als würde er nun Arbeit bekommen; und im Jahr unseres Herrn neunzehnhundertvierunddreißig war das schon allerhand.

Lem rappelte sich hoch und machte sich daran, Mister Haineys Anweisungen zu befolgen. Er aß gleich zwei große Mahlzeiten und nahm zwei Bäder. Nur seine neu-englische Erziehung hielt ihn davon ab, sich auch zweimal die Haare schneiden zu lassen.

Nachdem er alles darangesetzt hatte, seinen Körper wieder in Form zu bringen, suchte er als nächstes die Firma Ephraim Pierce & Söhne auf, wo man ihn mit einer schnieken, bis ins letzte Detail vollzähligen Garderobe versah. Einige Stunden später stolzierte er die Park Avenue hinauf, um seinem neuen Arbeitgeber einen Besuch abzustatten, jeder Zoll ein wohlsituierter junger Geschäftsmann feinster Art.

Als Lem nach Mister Hainey fragte, brachte ihn der Manager des Ritz-Hotels unter Verbeugungen an den Fahrstuhl, der in der vierzigsten Etage hielt und ihn hinausließ. Er klingelte an Mister Haineys Suite und wurde bald darauf von einem englischen Kammerdiener zu diesem Herrn geleitet.

Mister Hainey begrüßte den Knaben mit großer Herzlichkeit. »Hervorragend! Hervorragend!« wiederholte er drei- oder viermal in schneller Folge, während er das verwandelte Aussehen unseres Helden in Augenschein nahm.

Lem gab seiner Dankbarkeit durch eine tiefe Verbeugung Ausdruck.

»Wenn Ihnen an Ihrer Ausstattung irgend etwas nicht gefällt«, so fuhr er fort, »dann sagen Sie es mir bitte jetzt, ehe ich Ihnen Ihre Anweisungen gebe.«

Von so viel Liebenswürdigkeit kühn gemacht, wagte Lem einen Einwand. »Verzeihen Sie, Sir«, sagte er, »aber das Auge, das Glasauge, das Sie mir gegeben haben, hat die falsche Farbe. Mein heiles Auge ist blaugrau, während das, was Sie mir gegeben haben, hellgrün ist.«

»Eben«, lautete Mister Haineys überraschende Antwort. »Ich habe mir gedacht, daß das sehr stark auffallen wird. Ich möchte nämlich sicher sein, daß jeder, der Sie sieht, auch bemerkt, daß eins Ihrer Augen aus Glas ist.«

Lem konnte nicht umhin, diesen sonderbaren Einfall gutzuheißen, und er tat es mit aller Anmut, die er aufbringen konnte.

Dann kam Mister Hainey zum Geschäftlichen. Seine ganze Art änderte sich – er wurde kalt wie Eis und doppelt so förmlich.

»Meine Sekretärin«, sagte er, »hat eine Liste mit Anweisungen angefertigt, die ich Ihnen heute abend aushändigen werde. Ich wünsche, daß Sie sie mit nach Hause nehmen und sich sorgfältig einprägen, denn es wird von Ihnen erwartet, daß Sie sich aufs genaueste und ohne jede Eigenmächtigkeit an Ihre Befehle halten. Ein Schnitzer, bitte vergessen Sie das nicht, und Sie sind auf der Stelle entlassen.«

»Vielen Dank, Sir«, erwiderte Lem. »Ich verstehe.«

»Ihr Gehalt«, sagte Mister Hainey und wurde etwas weicher, »beträgt dreißig Dollar pro Woche plus Unterkunft und Verpflegung. Ich habe Sie im Warford House untergebracht. Wollen Sie sich bitte heute abend dorthin begeben.«

Mister Hainey zückte seine Brieftasche und gab Lem drei Zehn-Dollar-Noten.

»Sie sind sehr großherzig«, sagte Lem und steckte sie ein. »Ich werde mein äußerstes tun, Sie zufriedenzustellen.«

»Schön schön, aber bitte nicht zuviel Eifer, befolgen Sie einfach die Anweisungen.«

Darauf ging Mister Hainey zu seinem Schreibtisch und nahm mehrere maschinengeschriebene Blätter. Diese reichte er Lem.

»Noch etwas«, sagte er, als er Lem an der Tür die Hand gab, »Sie werden vielleicht ein wenig verwundert sein, wenn Sie Ihre Anweisungen lesen, aber dem ist nicht abzuhelfen, denn gegenwärtig bin ich noch außerstande, Ihnen alles zu erklären. Soviel jedoch sollen Sie wissen: ich bin Besitzer einer Glasaugenfabrik, und Ihre Aufgaben sind Teil einer Verkaufskampagne.«

15

Lem zügelte seine Neugier. Er wartete, bis er sicher in seinem neuen Domizil Warford House war, ehe er die Anweisungen aufschlug, die Mister Hainey ihm gegeben hatte.

Dann las er das folgende:

»Zum Juwelierladen Hazelton Frères gehen und fragen, ob man die Diamant-Anstecknadeln sehen könne. Erst ein Tablett betrachten, dann nach dem nächsten fragen. Während der Verkäufer sich umdreht, das Glasauge herausnehmen und in die Tasche stecken. Sobald der Verkäufer sich wieder herdreht, anscheinend wie besessen auf dem Fußboden nach etwas suchen.

Darauf findet der folgende Dialog statt:

Verkäufer: ›Haben Sie etwas verloren, Sir?‹

Sie: ›Ja, mein Auge.‹ (Mit dem Zeigefinger auf die Öffnung im Kopf deuten.)

Verkäufer: ›Wie unangenehm, Sir. Ich helfe Ihnen beim Suchen, Sir.‹

Sie: ›Ja, bitte. (Sehr aufgeregt.) Ich muß es finden.‹

Sodann wird der Schauplatz gründlich durchsucht, aber selbstverständlich wird das fehlende Auge nicht gefunden, weil es sicher in der Tasche steckt.

Sie: ›Kann ich bitte einen der Eigentümer dieses Ladens sprechen, einen der Brüder Hazelton?‹ (Anmerkung: Frères heißt Brüder und darf nicht irrtümlich für den Nachnamen der Ladenbesitzer gehalten werden.)

Nach kurzer Zeit kommt der Verkäufer mit Mister Hazelton aus seinem Büro hinten im Laden.

Sie: ›Mister Hazelton, Sir, dummerweise habe ich hier in Ihrem Laden mein Auge verloren.‹

Mister Hazelton: ›Vielleicht haben Sie es zu Hause gelassen.‹

Sie: ›Ausgeschlossen! Ich hätte den Luftzug gespürt, denn ich bin von Mister Hamilton Schuylers Haus auf der Fifth Avenue bis hierher zu Fuß gegangen. Nein, ich fürchte, es befand sich schon an der richtigen Stelle, als ich Ihr Geschäftslokal betrat.‹

Mister Hazelton: ›Seien Sie versichert, Sir, daß wir eine gründliche Suche durchführen werden.‹

Sie: ›Ich bitte darum. Jedoch bin ich außerstande, das Ergebnis Ihrer Bemühungen abzuwarten. Ich habe noch in dieser Stunde eine Verabredung in der spanischen Botschaft mit dem Botschafter, dem Grafen Raymon de Guzman y Alfrache.‹ (Das y wird wie das i in Idee ausgesprochen.)

Mister Hazelton verbeugt sich tief, wenn er hört, mit wem Sie verabredet sind.

Sie (fortfahrend): ›Das Auge, das ich verloren habe, ist unersetzlich. Es wurde für mich von einem deutschen Fachmann angefertigt und hat einen hohen Geldbetrag gekostet. Ich kann mir kein neues beschaffen, da sein Schöpfer im letzten Krieg den Tod gefunden und das Geheimnis der Herstellung mit ins Grab genommen hat. (Kurze Pause, den Kopf senken wie in Trauer um den verstorbenen Fachmann.) Jedoch (fortfahrend) lassen Sie bitte Ihre Verkäufer wissen, daß ich demjenigen tausend Dollar Belohnung aussetze, der mir mein Auge wiederbeschafft.‹

Mister Hazelton: ›Das wird ganz und gar überflüssig sein, Sir. Seien Sie versichert, daß wir alles in unserer Macht Stehende unternehmen werden, um es für Sie aufzufinden.‹

Sie: ›Sehr gut. Heute abend besuche ich Freunde auf Long Island, aber morgen spreche ich in Ihrem Laden wieder vor. Wenn Sie das Auge haben, so bestehe ich darauf, die Belohnung zu zahlen.‹

Mister Hazelton wird Sie daraufhin unter Verbeugungen zur Tür geleiten.

Bis Sie weitere Anweisungen von Mister Hainey erhalten, haben Sie die Gegend, in der der Laden Hazelton Frères liegt, zu meiden.

Am Tag nach dem Besuch im Laden erscheinen Sie im Ritz-Hotel und fragen nach Mister Haineys Sekretär. Ihm erstatten Sie Bericht, ob sich alles in Übereinstimmung mit diesen Anweisungen abgespielt hat. Auch die geringste Abweichung von der vorgeschriebenen Formel seitens Mister Hazeltons muß mitgeteilt werden.«

16

Lems Job war eine Sinekure. Er mußte lediglich an einem Vormittag jede Woche die gleiche Szene spielen, jedesmal in einem anderen Laden. Bald konnte er seine Rolle auswendig, und als er einmal seine Verlegenheit darüber überwunden hatte, daß er behaupten mußte, er kenne den spanischen Botschafter, machte ihm seine Arbeit sogar ziemlichen Spaß. Sie erinnerte ihn an die Schüleraufführungen, bei denen er an der High School von Ottsville mitgewirkt hatte.

Auch ließ ihm seine Stellung eine Menge freie Zeit. Er verwendete sie nutzbringend, indem er die vielen interessanten Lokalitäten aufsuchte, für die die Stadt New York zu Recht berühmt ist.

Er unternahm auch einen vergeblichen Versuch, Mister Whipple ausfindig zu machen. Bei dem Heilsarmeelokal sagte man ihm, daß man Mister Whipple nach der Versammlung der ›Lederhemden‹ reglos im Rinnstein habe liegen sehen, aber daß nur noch ein großer Blutfleck zu sehen gewesen wäre, als man am Tag darauf nachgeschaut habe, ob er immer noch da war. Lem sah selber nach, fand aber nicht einmal den Fleck, da es in dieser Gegend viele Katzen gab.

Er war ein kontaktfreudiger junger Mann und fand unter den anderen Gästen im Warford House schnell Freunde. Keiner jedoch war in seinem Alter, so daß er freudig berührt war, als ein junger Mann namens Samuel Perkins ihn ansprach.

Sam arbeitete in einem Ausstattungsgeschäft unten am Broadway. Er legte großen Wert auf seine Kleidung und leistete sich eine Anzahl knalliger Krawatten, da er dieselben zu herabgesetzten Preisen beziehen konnte.

»In welcher Branche sind Sie?« fragte er unsern Helden eines Abends in der Lounge, während sie auf das Glockenzeichen zum Supper warteten.

»Ich bin im Glas-Business«, antwortete Lem vorsichtig, denn es war ihm untersagt worden, sich gegenüber irgend jemand über seine Aufgaben zu äußern.

»Wieviel verdienen Sie?« war die nächste Frage des unbefangenen Jünglings.

»Dreißig Dollar die Woche plus Unterkunft und Verpflegung«, sagte Lem ehrlich.

»Ich verdiene fünfunddreißig, die Unterhaltsleistungen nicht eingerechnet, aber das reicht mir nicht. Von so einem bißchen Geld kann kein Mensch leben, wenn man einmal die Woche in die Oper und sich anständig anziehen will. Bei mir kommt sogar schon das Fahrgeld auf über einen Dollar, die Droschken gar nicht mitgerechnet.«

»Das muß dann allerdings ziemlich kneifen«, sagte Lem lächelnd, da er an all die großen Familien denken mußte, die mit einem geringeren Einkommen als dem von Mister Perkins auszukommen hatten.

»Natürlich«, fuhr Sam fort, »geben mir meine Leute zu Hause noch mal zehn Dollar die Woche. Sie sehen, der alte Herr hat Kohlen. Aber ich sage Ihnen, in dieser Stadt zerrinnt einem das ganz schön.«

»Zweifellos«, sagte Lem. »Es gibt hier eine Menge Möglichkeiten, Geld loszuwerden.«

»Wie wär's zum Beispiel, wenn wir heute abend ins Theater gehen?«

»Nein«, erwiderte Lem. »Ich bin nicht so gut dran wie Sie. Ich habe keinen reichen Vater, der mir unter die Arme greifen könnte, und muß das wenige sparen, das ich verdiene.«

»Na wie wär's denn«, sagte Sam, denn dieser junge Mensch konnte nicht ohne Zerstreuungen leben, »wenn wir nach Chinatown fahren? Das kostet uns nur das Fahrgeld.«

Diesem Vorschlag stimmte Lem bereitwillig zu. »Das wäre mir sehr recht«, sagte er. »Vielleicht möchte auch Mister Warren mitkommen.«

Mister Warren war ein anderer Gast, dessen Bekanntschaft Lem gemacht hatte.

»Ach, dieser Spinner!« rief Sam, der gewisse Züge von einem Snob an sich hatte. »Der hat einen Dachschaden. Tut so, als ob er ein Schriftsteller wäre und für die Illustrierten schriebe.«

»Aber das tut er doch wirklich, nicht?«

»Schon möglich, aber haben Sie je so schäbige Krawatten gesehen wie seine?«

»Er kriegt sie nicht so preisgünstig wie Sie«, sagte Lem lächelnd, denn er wußte, wo der junge Mann arbeitete.

»Wie gefällt Ihnen die Krawatte, die ich umhabe? Die ist eine Wucht, was?« fragte Sam selbstgefällig.

»Sie ist sehr eindrucksvoll«, sagte Lem, dessen Geschmack viel nüchterner war.

»Ich kaufe mir jede Woche eine neue Krawatte. Weil ich sie nämlich zum halben Preis kriege. Die Mädchen gucken bei einem Mann immer auf die Krawatte.«

Die Glocke zum Supper ertönte, und die beiden jungen Männer trennten sich, um an ihre Tische zu gehen. Nach dem Essen trafen sie sich in der Lounge wieder und machten sich auf den Weg nach Chinatown.

17

Lem und sein neuer Freund streiften durch die Mott Street und ihre Umgebung und betrachteten mit erheblichem Interesse die sonderbaren Sitten und fremdländischen Gebräuche der großen orientalischen Bevölkerung jenes Stadtteils.

Am frühen Abend jedoch kam es zu einem Zwischenfall, aufgrund dessen unser Held bedauerte, daß er sich mit Sam Perkins hinausgewagt hatte. Als sie an einem greisen Himmelssohn vorüberkamen, der unter einer Bogenlampe still eine Zeitung las, redete Sam ihn an, ehe Lem noch dazwischentreten konnte.

»He John«, sagte der Jüngling höhnisch, »nix Bongi nix Wäschi.« Und er lachte dümmlich wie seinesgleichen.

Der mandeläugige Alte sah von seiner Zeitung hoch, starrte ihn eine volle Minute lang kühl an und sagte dann sehr würdevoll: »Bei dem gesegneten Bart meines Großvaters, du bist der lausigste picklige Affe, der mir je zu Gesicht gekommen ist.«

Daraufhin holte Sam aus, als wolle er den betagten Orientalen schlagen. Doch jenes überraschende Individuum zeigte nicht die geringste Angst. Er holte ein kleines Beil aus der Tasche und machte sich daran, mit seiner rasiermesserscharfen Schneide die Haare von seinem Handrücken zu rasieren.

Sam wurde bleich und begann Krach zu schlagen, bis Lem seine Einmischung für geboten hielt.

Doch selbst seine Nachhilfestunde in gutem Benehmen machte keinen Eindruck auf den dreisten Jüngling. Er fuhr dermaßen unbeirrt in seinem unmanierlichen Betragen fort, daß sich unser Held versucht fühlte, sich von ihm zu trennen.

Sam blieb vor einem Etablissement stehen, bei dem es sich offenbar um eine illegale Kneipe handelte.

»Kommen Sie mit rein«, sagte er, »genehmigen wir uns einen Whisky.«

»Danke«, sagte unser Held, »aber ich mache mir nichts aus Whisky.«

»Vielleicht lieber ein Bier?«

»Ich trinke lieber gar nichts, danke.«

»Sie wollen doch nicht sagen, daß Sie so ein Abstinenzspinner sind?«

»Doch, das bin ich wohl.«

»Ach, gehen Sie zum Teufel, Sie Mucker«, sagte Sam und drückte auf einen Klingelknopf, der in der Tür des ›Blindschweins‹ versteckt war.

Endlich fand sich Lem zu seiner großen Erleichterung allein. Es war noch früh, und so beschloß er, seinen Spaziergang fortzusetzen.

Er ging gerade um eine Ecke nicht weit von der Pell Street, als plötzlich eine Flasche vor seinen Füßen zerbarst, die sein Haupt nur um wenige Zoll verfehlt hatte.

War es Absicht oder Versehen?

Lem schaute sich vorsichtig um. Die Straße war leer, und in sämtlichen Häusern waren die Rouleaus heruntergelassen. Er bemerkte, daß die einzige Ladenfront weit und breit ein Schild mit der Aufschrift ›Wu Fong, Naßwäscherei‹ trug, aber er wußte nichts damit anzufangen.

Als er die Flasche näher besah, entdeckte er zu seiner Überraschung ein Blatt Notizpapier zwischen den Glassplittern und bückte sich, um es aufzuheben.

Da ging die Tür der Wäscherei lautlos auf, und einer von Wu Fongs Gefolgsleuten trat heraus, ein riesiger Chinese. Seine Filzpantoffeln glitten geräuschlos über das Pflaster, und als er sich an unseren Helden heranschlich, glitzerte etwas in seiner Hand.

Es war ein Messer.

18

Viele Kapitel früher in diesem Buch haben wir unsere Heldin Betty Prail in Wu Fongs verrufenem Haus zurückgelassen, wo sie dem Besuch eines pockennarbigen Armeniers aus Malta entgegensah.

Seitdem hatten ungezählte Orientalen, Slawen, Italiener, Kelten und Semiten ihr beigewohnt, manchmal drei Stück pro Nacht. Jedoch war eine so hohe Zahl selten, weil Wu Fong sie zu einem Preis vermietete, der weit über dem der anderen Insassinnen lag.

Ihre Lage machte Betty selbstredend nicht ganz so froh wie Wu Fong. Anfangs sträubte sie sich gegen die Reihe der ›Gatten‹, die ihr aufgezwungen wurden, doch als sich alle ihre Anstrengungen als vergeblich erwiesen, schickte sie sich so gut sie konnte in ihre mühsamen Obliegenheiten. Nichtsdestoweniger suchte sie ständig nach einer Fluchtmöglichkeit.

Natürlich war es Betty gewesen, die die Nachricht in der Flasche verfaßt hatte. Sie hatte an ihrem Fenster gestanden und mit

Entsetzen an den drohenden Besuch eines schwergewichtigen Ringers namens Selim Hammid Bey gedacht, der behauptete, in sie verliebt zu sein, als sie plötzlich Lem Pitkin um die Ecke kommen und vor der Wäscherei vorbeigehen sah. Sie hatte hastig eine Nachricht geschrieben, in der sie ihr Dilemma darstellte, sie in eine Flasche gesteckt und diese auf die Straße geschmissen.

Unglücklicherweise indessen war ihre Tat nicht unbemerkt geblieben. Einer von Wu Fongs vielen Bediensteten hatte sie sorgfältig durchs Schlüsselloch beobachtet und die Nachricht sogleich ihrem Herrn zugetragen, welchselber Lem den riesigen Chinesen mit einem Messer nachgeschickt hatte.

Bevor ich den Faden der Erzählung dort wiederaufnehme, wo ich ihn in meinem letzten Kapitel fallengelassen habe, möchte ich von mehreren Veränderungen in Wu Fongs Betrieb berichten. Diese Veränderungen scheinen mir von Bedeutung, und obschon ihr Zusammenhang mit dieser Geschichte vielleicht nicht sogleich einleuchtet, glaube ich dennoch, daß einer besteht.

Die Wirtschaftskrise hatte Wu Fong so hart getroffen wie andere, ehrbarere Kaufleute, und wie sie kam er zu dem Schluß, daß sein Lager zu groß sei. Um die Lagerhaltung zu verringern, mußte er sich spezialisieren und konnte nicht länger ein ›Haus aller Nationen‹ unterhalten.

Wu Fong war ein sehr schlauer Mensch und hatte ein Gespür für Modeströmungen. Er sah, daß der Trend in Richtung vaterländisches Gewerbe und vaterländisches Talent ging, und als die Hearst-Zeitungen ihre ›Amerikaner-kauft-Amerikanisches‹-Kampagne starteten, beschloß er, sich aller Ausländerinnen in seinen Diensten zu entledigen und seinen Betrieb in einen hundertprozentig amerikanischen zu verwandeln.

Wenn er 1928 noch größte Schwierigkeiten gehabt hätte, sich die erforderlichen Mädchen zu beschaffen, so sah die Sache 1934 anders aus. Viele ehrbare, echt alteingesessene Familien waren völlig verarmt und hatten ihre weiblichen Kinder auf den freien Markt geworfen.

Er hatte Mister Asa Goldstein den Auftrag gegeben, das Haus neu einzurichten, und diese Persönlichkeit hatte eine Reihe von Innenausstattungen entworfen: Pennsylvania Dutch, Alter Süden, Pionierblockhaus,

New Yorker Viktorianisch, Wildwest à la Rinderzeit, Montereyer Kalifornisch, Indianisch und Modernes Girl. Die Resultate waren etwa diese:

Lena Haubengrauber aus Perkiomen Creek, Bucks County, Pennsylvanien. Ihre Stuben waren voller bemalter Kiefernmöbel und mit Tonkeramiken, Spritzkeramiken, Kreidekeramiken und ›Talmi-Dutch‹ dekoriert. Ihr einfaches Farmkleid war aus buntem Gingham.

Alice Sweethorne aus Paducah, Kentucky. Außer vielen schönen Stücken im alten Sheraton-Stil aus Savannah befand sich in ihrer Suite ein wundervolles Schmiedeeisengitter aus Charleston, dessen handwerkliche Schönheit jeden Besucher entzückte. Sie trug ein Ballkleid aus der Bürgerkriegsepoche.

Mary Judkins aus Jugtown Hill, Arkansas. An ihren Wänden standen große Eichenholzfässer aufgereiht, die mit Dreck verschmiert waren. Ihre Matratze war mit Maisstroh gestopft und mit einem Büffelfell bedeckt. Auf ihrem Fußboden war echter Schmutz. Sie war in Homespun mit zimtbraunen Flecken gekleidet und trug ein Paar Männerstiefel.

Patricia Van Riis aus Gramercy Park, Manhattan, New York. Ihre Suite war in Biedermeier gehalten. Die Fenster waren jedes mit dreißig Metern weißem Samt verkleidet, und an dem Kronleuchter in ihrem Salon hingen über achthundert Kristallprismen. Angezogen war sie wie ein frühes ›Gibson Girl‹.

Powder River Rose aus Carson's Store, Wyoming. Ihre Wohnung war das Abbild eines Ranch-Bunkhouse. In wohlberechneter Unordnung waren diverse Utensilien wie Sporen, Satteldecken, Stroh, Gitarren, geflochtene Reitpeitschen, Revolver mit Perlenkolben, Heugabeln und Spielkarten darin verteilt. Sie trug Chaps aus Ziegenleder, eine Seidenbluse und einen Fünfgallonenhut mit Klapperschlangenband.

Dolores O'Riely aus Alta Vista, Kalifornien. Um Geld zu sparen, hatte Wu Fong sie in der Suite einquartiert, die Conchita, das spanische Mädchen, vordem bewohnt hatte. Er ersetzte lediglich den Pferdeledersessel mit den Stierhornlehnen durch einen Missionsstuhl und nannte das Ergebnis ›Monterey‹. Asa Goldstein war sehr ungehalten, als er es entdeckte, doch Wu Fong weigerte sich, mehr zu investieren, denn er hatte das Gefühl, daß sie ein Verlustgeschäft werden müßte. Der Stil, sagte er, war selbst in seinen authentischsten Formen nicht offensichtlich amerikanisch genug.

Prinzessin Rotgraues Rehkalb aus Two Forks, Oklahoma-Indianerreservat, Oklahoma. Ihre Wände waren mit Birkenrinde tapeziert, um ihnen das Aussehen eines Wigwams zu geben, und sie tätigte ihre Geschäfte auf dem Fußboden. Bis auf eine Halskette aus Wolfszähnen war sie unter ihrer Ochsenaugen-Decke unbekleidet.

Miss Cobina Wiggs aus Woodstock, Connecticut. Sie bewohnte einen großen Raum, der eine Mischung aus dem Umkleideraum eines Turnvereins und dem Büro eines technischen Zeichners darstellte. Darin verstreut waren Flugzeugteile, Reißschienen, Greifzirkel, Golfschläger, Bücher, Ginflaschen, Jagdhörner und Gemälde moderner Meister. Sie hatte breite Schultern, keine Hüften und sehr lange Beine. Ihr Kostüm bestand aus einer Pilotenkombination mit Helm. Es war aus silbernem Tuch und sehr enganliegend.

Betty Prail aus Ottsville, Vermont. Ihr Mobiliar wie ihre Kleidung wurden bereits beschrieben, und hier sollte die Versicherung genügen, daß nichts an ihnen verändert worden war.

Dies waren nicht die einzigen tiefgreifenden Änderungen, die Wu Fong in seinem Betrieb vorgenommen hatte. Er war gewissenhaft wie ein großer Künstler, und um ebenso konsequent zu sein wie ein solcher, schaffte er die französische Küche und die Weine ab, die in seiner Branche Tradition waren. Statt dessen führte er amerikanische Speisen und Getränke ein.

Wenn ein Kunde Lena Haubengrauber besuchte, war es ihm möglich, Waldmurmeltier vom Rost zu essen und Sam-Thompson-Roggenwhisky zu trinken. Bei Alice Sweethorne dagegen wurden ihm gepökeltes Schweinefleisch mit Maismehlgrütze und Bourbon vorgesetzt. In Mary Judkins' Räumen erhielt er, sofern er es wünschte, gebratenes Eichhörnchen und Kornbranntwein. In der Suite von Patricia Van Riis waren Hummer und Champagner die Regel. Powder River Roses Kunden bestellten üblicherweise ›Bergaustern‹ genannte Schweinehoden und spülten sie mit Fusel hinunter. Und so weiter: bei Dolores O'Riely gab es Tortillas und Pflaumenschnaps aus dem Imperial Valley; bei Prinzessin Rotgraues Rehkalb Hundebraten und Feuerwasser; bei Betty Prail Fisch-Chowder und Jamaica-Rum. Wer schließlich um die Gunst des ›Modernen Girls‹ nachsuchte, Miss Cobina Wiggs, wurde mit Tomaten- und Lattich-Sandwiches und Gin gelabt.

19

Der riesige Chinese mit dem erhobenen Messer stach nicht zu, da ihm plötzlich ein Gedanke gekommen war. Während er das Für und Wider seines Einfalls aber und abermals abwog, hob der nichtsahnende Jüngling den Zettel auf, den Betty ihm zugeworfen hatte.

»*Lieber Mister Pitkin*«, las er.
»*Ich werde gefangengehalten. Bitte erretten Sie mich.*
Ihre dankbare Freundin
Elizabeth Prail.«

Als unser Held den Inhalt dieser kleinen Botschaft gründlich verdaut hatte, drehte er sich um, um nach einem Polizisten Ausschau zu halten. Diese Bewegung war es, die den Chinesen zu einem Entschluß bezüglich seines weiteren Verhaltens brachte. Er ließ das Messer fallen und nagelte Lems Arme mit einem geschickten orientalischen Griff, der für unseren Helden völlig überraschend kam, so fest, daß dieser sich nicht mehr wehren konnte.

Sodann pfiff er nach Kuli-Art durch die Nase. Diesem Signal gehorchend, kamen ihm mehrere von Wu Fongs Gefolgsleuten zu Hilfe geeilt. Obwohl Lem heldenhaft kämpfte, ward er übermannt und in die Wäscherei verschleppt.

Lems Häscher brachten ihn vor den finsteren Wu Fong, der sich schadenfroh die Hände rieb, als er den armen Jungen musterte.

»Du hast wohlgetan, Chin Lao Tse«, lobte er den Mann, der Lem gefangengenommen hatte.

»Ich verlange, freigelassen zu werden!« protestierte unser Held. »Sie haben kein Recht, mich hier festzuhalten.«

Doch der gerissene Orientale überhörte seine Einwendungen und lächelte undurchdringlich. Einen hübschen amerikanischen Jungen konnte er gut gebrauchen. Für eben jene Nacht nämlich erwartete er den Besuch des Maharadschas von Kanurani, dessen Vorlieben allgemein bekannt waren. Wu Fong beglückwünschte sich: die Götter waren ihm wahrhaft wohlgesonnen.

»Macht ihn fertig«, sagte er auf chinesisch. Der arme Junge wurde in einen Raum geschafft, der wie eine Schiffskajüte eingerichtet war. Die Wände waren mit Teakholz verkleidet, und es wimmelte von Sextanten, Kompassen und ähnlichen Gerätschaften. Seine Häscher zwangen ihn sodann, einen enganliegenden Matrosenanzug anzuziehen. Nachdem sie ihn mit höchst unmißverständlichen Worten vor jedem Fluchtversuch gewarnt hatten, überließen sie ihn sich selbst.

Lem saß auf der Kante einer Koje, die in einer Ecke des Raums eingebaut war, und vergrub den Kopf in den Händen. Er fragte sich, welche neue Prüfung das Schicksal für ihn wohl bereithielt, aber da er nicht draufkam, dachte er an anderes.

Würde er seine Arbeit verlieren, wenn er nicht bei Mister Hainey erschiene? Wahrscheinlich ja. Wo weilte seine liebe Mutter? Wahrscheinlich im Armenhaus, oder sie strich bettelnd von Tür zu Tür, wenn sie nicht gar tot war. Wo war Mister Whipple? Tot und begraben auf dem Armenfriedhof höchstwahrscheinlich. Und wie könnte er Miss Prail eine Nachricht zukommen lassen?

Lem versuchte noch immer, das letztere Problem zu lösen, als Chin Lao Tse hereinkam, der Mann, der ihn gefangengenommen hatte; in der Hand hielt er einen einschüchternd aussehenden Revolver.

»Hör mal, Kleiner«, sagte er drohend, »siehst du dieses Schießeisen? Also wenn du nicht brav bist, dann leg ich dich säuberlich um.«

Darauf verkroch sich Chin in einem Schrank. Ehe er die Tür zumachte, bedeutete er Lem, daß er die Absicht habe, jede seiner Bewegungen durch das Schlüsselloch zu verfolgen.

Der arme Junge zermarterte sich den Kopf, aber er konnte sich nicht vorstellen, was von ihm erwartet wurde. Bald jedoch sollte es ihm klarwerden.

Es klopfte an die Tür, und Wu Fong trat ein, gefolgt von einem dunklen Männchen, dessen Hände mit Edelsteinen besteckt waren. Es handelte sich um den Maharadscha von Kanurani.

»Oho, wath für ein hübther Matrothe«, lispelte der indische Prinz mit unverstelltem Entzücken.

»Ich bin zutiefst glücklich, daß er in Ihren erhabenen Augen Gnade findet, Exzellenz«, sagte Wu Fong mit einer untertänigen Verbeugung und verließ rückwärts den Raum.

Der Maharadscha trippelte zu unserem Helden, der an nichts dachte als an den Mann im Schrank, und legte den Arm um die Taille des Jungen.

»Mach thon, hübther Knabe, gipp mir ein Kuth«, sagte er mit einem lüsternen Blick, der seine ansonsten nicht weiter auffällige Visage lästerlich verklärte.

Eine Welle des Abscheus ließ Lems Haare zu Berge stehen. ›Hält er mich etwa für ein Mädchen?‹ fragte sich der arme Junge. ›Nein, mindestens zweimal hat er mich einen Knaben genannt.‹

Lem sah sich ratsuchend nach dem Schrank um. Der Mann in jenem Behältnis öffnete seine Tür und steckte den Kopf heraus. Er spitzte die Lippen, rollte verliebt mit den Augen und zeigte gleichzeitig auf den indischen Prinzen.

Als unser Held begriff, was von ihm erwartet wurde, erbleichte er vor Entsetzen. Er schaute noch einmal zum Maharadscha, und die Geilheit, die er in dessen Augen wahrnahm, raubte ihm fast die Besinnung.

Zu seinem Glück jedoch wurde Lem nicht besinnungslos, sondern riß den Mund auf und schrie. Es war auch das einzige, was ihn retten konnte, denn er öffnete dabei seine Kiefer zu weit, und klappernd auf den Teppich fiel sein falsches Gebiß.

Der Maharadscha schnellte angeekelt zurück.

Sodann ereignete sich ein weiterer glücklicher Zwischenfall. Als Lem sich schwerfällig bückte, um seine Zähne aufzuheben, sprang ihm Mister Haineys Glasauge aus dem Kopf und zerschellte auf dem Fußboden zu winzigen Splittern.

Das war zuviel für den Maharadscha von Kanurani. Er wurde wütend. Wu Fong hatte ihn betrogen! Was war das für ein hübscher Junge, der so schrecklich auseinanderfiel?

Aschfahl vor Zorn stürzte der indische Prinz aus dem Zimmer, um sein Geld zurückzuverlangen. Als er es hatte, verließ er das Haus und schwor, niemals zurückzukommen.

Wu Fong gab Lem die Schuld daran, daß er den Maharadscha als Kunden verloren hatte, und war dem armen Jungen äußerst böse. Er befahl seinen Leuten, ihn durchzuprügeln, ihm seinen Matrosenanzug auszuziehen, ihn auf die Straße zu werfen und seine Kleidung hinterdrein.

20

Lem suchte sich seine Kleidungsstücke zusammen und kroch in den Durchgang eines verlassenen Hauses, wo er seine Sachen anlegte. Sein erster Gedanke war, einen Polizeibeamten hinzuzuziehen.

Wie in derlei Umständen üblich, war ein Gesetzeshüter nicht sogleich zur Stelle, und er mußte mehrere Meilen laufen, ehe er einen Bullen auftun konnte.

»Herr Wachtmeister«, sagte unser Held, so gut er das ohne sein Kauwerkzeug konnte, »ich möchte eine Anzeige erstatten.«

»Aha«, sagte der Streifenpolizist Riley kurz angebunden, denn das Äußere des armen Jungen war alles andere als einnehmend. Der Chinese hatte seine Kleidung zerrissen, und sowohl sein Auge als auch sein Gebiß war weg.

»Sie müssen Verstärkung holen und dann sogleich Wu Fong verhaften, der einen als Wäscherei getarnten Puff betreibt.«

»Ausgerechnet Wu Fong soll ich festnehmen? Ach, Sie besoffener Trottel, er ist der größte Mann in diesem Bezirk. Wenn Sie meinen Rat hören wollen, dann trinken Sie jetzt eine Tasse schwarzen Kaffee, gehen nach Hause und pennen sich aus.«

»Aber ich habe doch schlüssige Beweise, daß er in seinem Haus ein Mädchen gegen ihren Willen gefangenhält, und er hat mir körperliche Gewalt angetan.«

»Noch ein Wort über meinen großen guten Freund«, sagte der Polizist, »und ab gehn Sie ins Kittchen.«

»Aber...«, begann Lem empört.

Wachtmeister Riley stand zu seinem Wort. Er ließ den armen Jungen nicht ausreden, sondern gab ihm mit seinem Knüppel einen deftigen Schlag über den Schädel, nahm ihn beim Kragen und schleppte ihn mit auf die Wache.

Als Lem einige Stunden später wieder zur Besinnung kam, fand er sich in einer Zelle. Er rekapitulierte schnell, was ihm zugestoßen war, und versuchte sich eine Möglichkeit einfallen zu lassen, sich aus seinen Schwierigkeiten zu befreien. Zunächst müßte er seine Geschichte einem vorgesetzten Polizeioffizier oder Polizeirichter erzählen. Doch wie laut er auch rief, niemand nahm Notiz von ihm.

Erst am Tag darauf bekam er etwas zu essen, und dann betrat ein kleiner Mann jüdischen Glaubens seine Zelle.

»Haben Sie Geld?« sagte dieser Angehörige des Auserwählten Volkes.

»Wer sind Sie?« fragte Lem dagegen.

»Ich? Ich bin Ihr Anwalt, Seth Abromovitz, Esquire. Bitte beantworten Sie meine erste Frage, sonst werde ich nicht imstande sein, Ihren Fall vorschriftsmäßig zu übernehmen.«

»Meinen Fall?« erkundigte sich Lem erstaunt. »Ich habe doch nichts getan.«

»Unkenntnis schützt vor Strafe nicht«, sagte Rechtsanwalt Abromovitz großspurig.

»Was wirft man mir vor?« fragte der arme Junge verwirrt.

»Einiges. Ordnungswidriges Verhalten und Widerstand gegen die Staatsgewalt einerseits; staatsfeindliche Umtriebe mit dem Ziel eines Regierungssturzes andererseits; und schließlich und endlich den Glasaugendreh, mit dem Sie Ladenbesitzer ausgenommen haben.«

»Aber ich habe nichts davon getan«, protestierte Lem.

»Hör mal, Mensch«, sagte der Anwalt und ließ jede Förmlichkeit fallen. »Ich bin nicht der Richter, mir brauchst du nichts vorzumachen. Du bist Pitkin das Einauge, der Glasaugenschwindler, du weißt es doch ganz genau.«

»Es stimmt, ich habe nur ein Auge, aber...«

»Hier gibt's kein Aber. Das ist ein schwerer Fall. Das heißt, wenn du nicht über Nacht ein Auge in deinem Loch in der Visage nachwachsen lassen kannst.«

»Ich bin unschuldig«, wiederholte Lem traurig.

»Wenn das die Richtung sein soll, die Sie einschlagen wollen, dann würde ich mich nicht wundern, falls Sie lebenslänglich kriegen. Sagen Sie doch, sind Sie denn nicht zu Hazelton Frères in den Laden gegangen und haben so getan, als hätten Sie ein Auge verloren?«

»Doch«, sagte Lem, »aber ich habe nichts mitgenommen und nichts angestellt.«

»Haben Sie etwa nicht eine Belohnung von tausend Dollar für die Wiederbeschaffung Ihres Auges ausgesetzt?«

»Doch, aber...«

»Schon wieder aber. Hier gibt es bitteschön kein Aber. Ihr Komplize tauchte am

Tag darauf auf und gab vor, auf dem Boden im Laden ein Glasauge gefunden zu haben. Mister Hazelton sagte, er wüßte, wem es gehörte, und bat ihn um das Auge. Der andere weigerte sich, sagte, es sehe wie ein sehr wertvolles Auge aus, und wenn ihm Mister Hazelton die Adresse des Mannes gäbe, dann würde er das Auge selber zurückbringen. Mister Hazelton glaubte, die Tausend-Dollar-Belohnung ginge ihm durch die Lappen, und er bot dem Mann hundert Dollar für das Auge. Nach einigem Feilschen verließ Ihr Komplize den Laden mit zweihundertfünfzig Dollar, und Mister Hazelton wartet immer noch darauf, daß Sie kommen und Ihr Auge abholen.«

»Von all dem habe ich nichts gewußt, sonst hätte ich die Stelle nicht angenommen, und wenn ich verhungert wäre«, sagte Lem. »Man hat mir gesagt, es wäre eine Werbekampagne für eine Glasaugenfirma.«

»Okay, Sie sind ein Schatz, aber ich muß mir eine etwas bessere Geschichte ausdenken. Ehe ich mit dem Denken loslege, wieviel Geld haben Sie?«

»Ich habe drei Wochen gearbeitet und habe dreißig Dollar die Woche bekommen.

Ich habe neunzig Dollar auf einem Sparkonto.«

»Das ist nicht viel. Diese Besprechung kostet Sie hundert Dollar mit zehn Prozent Rabatt bei Barzahlung oder neunzig Dollar. Her damit.«

»Ich will Sie nicht zum Anwalt«, sagte Lem.

»Das ist mir doch egal; rücken Sie bloß mit den Moneten für diese Besprechung heraus.«

»Ich schulde Ihnen nichts. Ich wollte nichts von Ihnen.«

»Hehe, Sie einäugige Ratte«, sagte der Anwalt und legte seine Karten auf den Tisch. »Das Gericht hat mich ernannt, und das Gericht wird darüber befinden, wieviel Sie mir schulden. Geben Sie mir die neunzig, und wir sind von mir aus quitt. Sonst verklage ich Sie.«

»Ich gebe Ihnen nichts!« rief Lem.

»Sie werden bockig, was? Das werden wir bald sehen, wie halsstarrig Sie sind. Ich sag's meinem Freund, dem Bezirksstaatsanwalt, und Sie kriegen lebenslänglich.«

Mit dieser Bemerkung als Abschiedsgruß ließ Rechtsanwalt Abromovitz unsern Helden in seiner Zelle allein.

21

Einige Tage später stattete der Staatsanwalt dem armen Jungen einen Besuch ab. Elisha Barnes war der Name dieses Beamten, und er schien ein recht gutmütiger, behäbiger Herr.

»Also, mein Sohn«, sagte er, »Sie werden nun auch feststellen, daß Verbrechen sich nicht bezahlt macht. Doch sagen Sie, haben Sie Geld?«

»Neunzig Dollar«, sagte Lem wahrheitsgemäß.

»Das ist sehr wenig, also bekennen Sie sich wohl besser schuldig.«

»Aber ich bin unschuldig«, wandte Lem ein. »Wu Fong...«

»Halt«, unterbrach ihn Mister Barnes hastig. Er war blaß geworden, als er den Namen des Chinesen hörte. »Folgen Sie meinem Rat und erwähnen Sie ihn hier nicht.«

»Ich bin unschuldig!« wiederholte Lem ein wenig verzweifelt.

»Das war Christus auch«, sagte Mister

Barnes seufzend, »und sie haben ihn trotzdem ans Kreuz geschlagen. Aber Sie gefallen mir; Sie kommen bestimmt aus Neu-England, und ich stamme selber aus New Hampshire. Ich will Ihnen helfen. Sie sind in drei Punkten angeklagt; nehmen wir an, Sie bekennen sich in einem davon schuldig, dann lassen wir die andern beiden fallen.«

»Aber ich bin unschuldig«, wiederholte Lem noch einmal.

»Mag sein, aber Sie haben jedenfalls nicht genug Geld, um es zu beweisen, und außerdem haben Sie einige sehr mächtige Feinde. Seien Sie vernünftig, bekennen Sie sich in punkto ordnungswidriges Verhalten schuldig, dafür gehen Sie dreißig Tage ins Arbeitshaus. Ich werde dafür sorgen, daß Sie nicht mehr kriegen. Na, was sagen Sie dazu?«

Unser Held war still.

»Ich offeriere Ihnen da eine schöne Chance«, fuhr Mister Barnes fort. »Wenn ich nicht zuviel zu tun hätte, um die Anklageschrift gegen Sie aufzusetzen, könnte ich Sie wahrscheinlich wenigstens fünfzehn Jahre lang von der Bildfläche verschwinden lassen. Aber schauen Sie, die Wahlen rücken näher, und ich muß in den Wahlkampf einsteigen.

Außerdem bin ich sowieso mit allem möglichen ausgelastet ... Tun Sie mir den Gefallen, vielleicht kann ich mich ein andermal revanchieren. Wenn Sie mich zwingen, die Anklageschrift aufzusetzen, werde ich sauer. Dann kommen Sie nicht so glimpflich weg.«

Lem erklärte sich endlich bereit, zu tun, was der Staatsanwalt verlangte. Drei Tage später bekam er dreißig Tage Arbeitshaus. Der Richter wollte ihm neunzig geben, aber Mister Barnes hielt sich an die Abmachung. Er flüsterte dem Richter etwas zu, und der änderte das Strafmaß auf die verabredeten dreißig Tage.

Als Lem einen Monat später entlassen wurde, ging er unmittelbar zur Sparkasse, um sich seine neunzig Dollar zu holen. Er beabsichtigte, den ganzen Betrag abzuheben, um sich ein neues Gebiß und ein Glasauge zu kaufen. Ohne beides konnte er nicht hoffen, Arbeit zu finden.

Er wies sein Sparbuch am Kassenschalter vor. Man ließ ihn ein wenig warten, dann teilte man ihm mit, daß er sein Geld nicht bekommen könne, da es von Seth Abromovitz gepfändet worden sei. Das war zuviel.

Unser Held mußte all seine Mannhaftigkeit zusammennehmen, um die Träne zurückzuhalten, die in seinem heilen Auge quoll. Mit dem wankenden Schritt eines alten Mannes torkelte er aus dem Bankgebäude.

Lem stand auf der Treppe des eindrucksvollen Bauwerks und schaute abwesend auf die bewegten Menschenmengen, die an der großen Sparinstitution vorbeiströmten. Plötzlich spürte er eine Berührung auf dem Arm und eine Stimme in seinem Ohr.

»Warum so trübsinnig, Süßer? Wie wär's, wenn wir zusammen etwas Amüsantes anfingen?«

Er wandte sich mechanisch um und stellte zu seiner Überraschung fest, daß es Betty Prail war, die ihn angesprochen hatte.

»Du!« riefen die beiden zusammen aus, die in ihrer Heimatstadt so befreundet gewesen waren.

Jeder, der die beiden je auf dem Heimweg vom Gottesdienst in Ottsville gesehen hatte, wäre über die große Veränderung erstaunt gewesen, die nur drei Jahre in der großen weiten Welt bewirkt hatten.

Miss Prail hatte höchst unverkennbar Rouge aufgelegt. Sie roch nach billigem Parfüm, und ihr Kleid ließ viel zuviel von ihrem Körper erkennen. Sie war eine Straßenhure, und zwar eine erfolglose.

Was unsern Helden betrifft, Lemuel abzüglich eines Auges und sämtlicher Zähne, so hatte er nichts erworben als eine betont gebeugte Körperhaltung.

»Wie bist du Wu Fong entronnen?« fragte Lem.

»Du hast mir unwissentlich dazu verholfen«, erwiderte Betty. »Er und seine Diener waren so damit beschäftigt, dich hinauszuwerfen, daß ich einfach das Haus verlassen konnte, ohne gesehen zu werden.«

»Das freut mich«, sagte Lem.

Die beiden jungen Leute schwiegen und sahen sich an. Sie wollten beide die nämliche Frage stellen, doch sie waren verlegen. Schließlich hoben sie zugleich an:

»Hast du...«

Weiter kamen sie nicht. Beide hielten inne, um den anderen zu Ende sprechen zu lassen. Es entstand ein langes Schweigen, denn keiner wollte die Frage vervollständigen. Schließlich sprachen sie weiter.

»... Geld?«

»Nein«, gaben Lem und Betty so gemeinsam zur Antwort, wie sie die Frage gestellt hatten.

»Ich habe Hunger«, sagte Betty traurig. »Es war nur eine Frage.«

»Ich habe auch Hunger«, sagte Lem.

Ein Polizist näherte sich. Er hatte sie im Auge behalten, solange sie zusammenstanden.

»Macht, daß ihr weiterkommt, ihr Ratten«, sagte er barsch.

»Ich mißbillige, daß Sie in dieser Weise mit einer Dame sprechen«, sagte Lem aufgebracht.

»Wie war das?« fragte der Polizist und hob seinen Knüppel.

»Wir sind beide Bürger dieses Landes, und Sie haben kein Recht, in dieser Manier mit uns umzuspringen«, fuhr Lem furchtlos fort.

Die Streife war drauf und dran, dem Jungen mit dem Knüppel über den Schädel zu hauen, aber Betty trat dazwischen und zog ihn fort.

Die beiden jungen Leute gingen schweigend nebeneinander her. Sie fühlten sich ein wenig wohler, da Not sich in Gesellschaft besser ertragen läßt. Bald befanden sie sich im Central Park, wo sie sich auf einer Bank niederließen.

Lem seufzte.

»Was ist?« fragte Betty mitfühlend.

»Ich bin ein Versager«, antwortete Lem mit noch einem Seufzer.

»Aber Lemuel Pitkin, was sagst du da!« rief Betty entrüstet aus. »Du bist erst siebzehn, nun, fast achtzehn, und...«

»Nun ja«, unterbrach sie Lem und schämte sich ein wenig, zugegeben zu haben, daß er mutlos war. »Ich habe Ottsville verlassen, um mein Glück zu machen, und bisher bin ich nur zweimal im Gefängnis gewesen und habe alle meine Zähne und ein Auge verloren.«

»Wo gehobelt wird, da fallen Späne«, sagte Betty. »Wenn du beide Augen verloren hättest, dann könntest du reden. Erst neulich habe ich von einem Mann gelesen, der beide Augen verloren und doch ein Vermögen gemacht hat. Ich weiß nicht mehr wie, aber so war's. Oder denk mal an Henry Ford. Er war mit vierzig völlig pleite und lieh sich tausend Dollar von James Couzens; als er sie ihm zurückzahlte, waren daraus achtunddreißig Millionen Dollar geworden.

Du bist erst siebzehn und sagst, du bist ein Versager. Lem Pitkin, ich muß mich über dich wundern.«

Betty fuhr fort, Lem Trost und Zuversicht zu spenden, bis es dunkel wurde. Als die Sonne verschwunden war, wurde es auch äußerst kalt.

Hinter einigen Büschen, die ihn nicht ganz verbargen, begann ein Polizist die beiden mißtrauisch zu beobachten.

»Ich weiß nicht, wo ich schlafen kann«, sagte Betty und zitterte vor Kälte.

»Ich auch nicht«, sagte Lem mit einem tiefen Seufzer.

»Gehen wir zum Bahnhof Grand Central«, schlug Betty vor. »Da ist es warm, und ich sehe gerne Leute, die in Eile sind. Wenn wir so tun, als ob wir auf einen Zug warten, werden sie uns nicht wegjagen.«

22

»Es kommt mir alles vor wie ein Traum, Mister Whipple. Als ich heute früh aus dem Gefängnis entlassen wurde, meinte ich, daß ich wahrscheinlich verhungern müßte, und jetzt bin ich unterwegs nach Kalifornien, um Gold zu suchen.«

Ja, das war Lem, unser Held, der so sprach. Er saß im Speisewagen des ›Fifth Avenue Special‹-Expreß auf dem Weg nach Chicago, wo er und seine Reisegenossen in den ›Chief‹-Expreß umsteigen sollten, den Prachtzug der Eisenbahngesellschaft Atchison, Topeka und Santa Fé, um in die hohen Sierras weiterzufahren.

Mit ihm im Speisewagen waren Betty, Mister Whipple und Jake Raven, und die vier Freunde waren in ausgelassener Stimmung, während sie die exquisiten Speisen zu sich nahmen, die die Pullman-Gesellschaft ihnen auftrug.

Wie es dazu gekommen war, ist kurz gesagt. Während Lem und Betty sich in einem Wartesaal des Grand-Central-Bahnhofs wärmten, hatten sie Mister Whipple in einer Schlange vor einem der Fahrkartenschalter erspäht. Lem war zu dem Ex-Bankier hingegangen und war von diesem überschwenglich begrüßt worden, denn der war in der Tat froh, den Jungen wiederzusehen. Er war ebenfalls froh, Betty wiederzusehen, mit deren Vater er bekannt gewesen war, ehe Mister Prail in der Feuersbrunst den Tod gefunden hatte.

Nachdem er sich angehört hatte, in welcher Notlage sie sich befanden, lud er sie ein, ihn auf seiner Reise nach Kalifornien zu begleiten. Offenbar fuhr Mister Whipple mit Jake Raven dorthin, um in einer Mine, die sich im Besitz der Rothaut befand, Gold zu schürfen. Mit diesem Gelde gedachte er die weiteren Tätigkeiten der Nationalrevolutionären Partei zu finanzieren.

Lem sollte Mister Whipple bei den Schürfarbeiten behilflich sein, während Betty den Minern den Haushalt führen sollte. Die beiden jungen Leute ergriffen diese Gelegenheit sofort und mit Freuden, und sie überschütteten Mister Whipple mit Dank.

»In Chicago«, sagte Shagpoke, als der Speisewagenkellner den Kaffee gebracht hatte, »haben wir dreieinhalb Stunden Aufenthalt, ehe der ›Chief‹ in den Goldenen Westen abfährt. Während dieser Zeit muß sich Lem natürlich ein neues Gebiß und ein Auge besorgen, doch ich glaube, daß wir anderen Zeit haben, der Weltausstellung einen kurzen Besuch abzustatten.«

Mister Whipple schilderte des weiteren den Zweck der Ausstellung, bis sich auf ein höfliches Zeichen des Oberkellners hin die kleine Reisegesellschaft genötigt sah, ihren Tisch zu verlassen und sich in ihre Schlafabteile zurückzuziehen.

Als der Zug am Morgen in den Bahnhof einfuhr, stiegen sie aus. Lem bekam etwas Geld, damit er sich kaufen konnte, was er benötigte, während sich die anderen sogleich auf den Weg zur Ausstellung machten. Er sollte auf dem Ausstellungsgelände nach ihnen Ausschau halten, wenn er rechtzeitig genug hinkäme.

Lem beeilte sich, so sehr er konnte, und es gelang ihm, sich in einem auf derlei Artikel spezialisierten Fachgeschäft ein Auge sowie ein Gebiß zu verschaffen. Dann machte er sich auf zum Ausstellungsgelände.

Als er die Elfte Straße in Richtung Nordeingang entlangging, wurde er von einem kleinen, kräftigen Mann angesprochen, der einen weichen, schwarzen Filzhut trug, dessen Krempe ihm über die Augen schlappte. Ein voller brauner Bart verbarg die untere Hälfte seines Gesichts.

»Verzeihung«, sagte er mit gedämpfter Stimme, »aber ich glaube, Sie sind der junge Mann, den ich suche.«

»Wie meinen Sie?« fragte Lem, der sofort auf der Hut war, denn er hatte nicht vor, einem Gauner auf den Leim zu gehen.

»Sie heißen Lemuel Pitkin, nicht wahr?«

»Allerdings.«

»Ich dachte mir doch, daß Sie der Beschreibung entsprachen, die mir gegeben wurde.«

»Von wem gegeben?« erkundigte sich unser Held.

»Natürlich von Mister Whipple«, lautete die überraschende Antwort, die der Fremde gab.

»Warum sollte er Ihnen eine Beschreibung von mir gegeben haben?«

»Damit ich Sie auf der Ausstellung finden kann.«

»Aber wieso, wo ich ihn doch in zwei Stunden auf dem Bahnhof treffen soll?«

»Ein bedauerlicher Unfall macht sein Kommen unmöglich.«

»Ein Unfall?«

»Genau.«

»Was für ein Unfall?«

»Ein sehr ernster, fürchte ich. Er wurde von einem Touristen-Bus angefahren und...«

»...ist tot!« rief Lem bestürzt. »Sagen Sie mir die Wahrheit, ist er tot?«

»Nein, das nicht, aber er wurde schwer verletzt, vielleicht tödlich. Er wurde besinnungslos ins Krankenhaus eingeliefert. Als er wieder zu sich kam, fragte er nach Ihnen, und ich wurde losgeschickt, um Sie zu ihm zu bringen. Miss Prail und Häuptling Raven befinden sich an seinem Bett.«

Die grauenhafte Nachricht betäubte Lem dermaßen, daß es an die fünf Minuten dauerte, ehe er ausreichend wiederhergestellt war, um hervorzustoßen: »Wie furchtbar!«

Er bat den bärtigen Fremden, ihn unverzüglich zu Mister Whipple zu bringen.

Genau darauf hatte der Mann gezählt. »Ich habe ein Automobil dabei«, sagte er mit einer Verbeugung. »Belieben Sie einzusteigen.«

Darauf führte er unseren Helden zu einer

starkmotorigen Limousine, die am Bordstein geparkt war. Lem stieg ein, und der Chauffeur, der eine grüne Schutzbrille und einen langen leinenen Staubmantel trug, fuhr mit höchster Geschwindigkeit davon.

Alles das kam dem Knaben bei seinem erregten Seelenzustand ganz natürlich vor, und die Geschwindigkeit des Automobils war ihm nur recht, denn er brannte darauf, neben Mister Whipples Krankenbett zu treten.

Die Limousine brauste an einem aufragenden Bauwerk vorbei und dann an einem zweiten. An den Straßenecken standen Obstverkäufer und Händler, die Schlipse feilboten. Leute gingen auf den Gehsteigen auf und ab; Droschken, Lastwagen und private Kraftfahrzeuge sausten vorüber. Auf beiden Seiten erscholl der Lärm der Großstadt, doch Lem sah und hörte nichts.

»Wo wurde Mister Whipple hingebracht?« fragte er mit einemmal.

»Ins Lake-Shore-Krankenhaus.«

»Und das ist der schnellste Weg dorthin?«

»Aber gewiß doch.«

Damit fiel der Fremde erneut in verdrossenes Schweigen.

Lem sah aus dem Fenster und stellte fest, daß die Zahl der Automobile und Lastwagen geringer wurde. Bald verschwanden sie ganz von den Straßen. Auch die Leute wurden weniger, bis nur noch gelegentlich ein Fußgänger zu sehen war, und wenn, dann von der heruntergekommensten Art.

Als das Automobil sich einer überaus verrufenen Gegend näherte, zog der bärtige Fremde an einem seiner Fenster einen Vorhang herunter.

»Warum haben Sie das getan?« fragte Lem.

»Weil die Sonne meinen Augen weh tut«, sagte er, während er bedächtig den anderen Vorhang herunterzog und damit das Wageninnere völlig verdunkelte.

Diese Handlungsweise brachte Lem auf den Gedanken, daß die Sache nicht ganz geheuer war.

»Ich möchte einen Vorhang oder beide wieder hoch haben«, sagte er und streckte die Hand nach dem nächstgelegenen aus, um ihn wieder zu öffnen.

»Und ich sage Ihnen, sie müssen beide unten bleiben«, gab der Mann leise und schroff zur Antwort.

»Wie meinen Sie das, Sir?«

Mit eisernem Griff krallte sich eine starke Hand plötzlich um Lems Kehle, und folgende Worte tönten an sein Ohr:

»Ich meine, Lemuel Pitkin, daß Sie in der Gewalt der Dritten Internationale sind.«

23

Obwohl so unvermittelt überfallen, rang Lem mit seinem Angreifer, entschlossen, sein Leben so teuer wie möglich zu verkaufen.

Der Knabe war einer der besten Turner in der High School von Ottsville gewesen, und wenn er gereizt wurde, so war er kein geringer Gegner, wie der Bärtige bald feststellte. Er riß an der Hand, die ihn würgte, und es gelang ihm, sie von seiner Kehle zu entfernen, doch als er um Hilfe rufen wollte, stellte er fest, daß der schreckliche Druck ihn seiner Stimmkraft beraubt hatte.

Doch selbst wenn er hätte rufen können, wäre es zwecklos gewesen, da der Chauffeur in das Komplott eingeweiht war. Ohne sich auch nur einmal umzusehen, trat er auf sein Gaspedal und bog scharf in eine üble dunkle Durchfahrt ein.

Lem schlug wie ein Wilder um sich und landete einen kräftigen Hieb in dem Gesicht seines Gegners. Dieser Ehrenmann gab einen grimmigen Fluch von sich, schlug aber nicht zurück. Er fummelte in seiner Tasche herum.

Lem schlug nochmals zu, doch diesmal verfing sich seine Hand im Bart. Selbiger erwies sich als falsch und ging sofort ab.

Obwohl es in dem Auto dunkel war, hätten Sie, lieber Leser, falls Sie darin gesessen hätten, in dem Angreifer unseres Helden niemand anderen als den Dicken im Einreiher wiedererkannt. Lem indessen erkannte ihn nicht, da er ihn nämlich noch nie gesehen hatte.

Während er so mit dem Fremden kämpfte, fühlte er plötzlich etwas Kaltes und Hartes an seiner Stirn. Es war eine Pistole.

»So, du faschistischer Hund, jetzt hab ich dich! Wenn du auch nur einen Finger rührst, dann befördere ich dich in die Hölle!«

Diese Worte wurden nicht gesprochen; sie wurden gefaucht.

»Was wollen Sie von mir?« brachte Lem hervor.

»Du wolltest doch mit Mister Whipple Gold graben. Wo liegt die Mine?«

»Ich weiß es nicht«, sagte Lem, und das war die Wahrheit, denn Shagpoke hatte ihr Reiseziel geheimgehalten.

»Du weißt es doch, du verdammter Bourgeois. Raus damit oder...«

Das wilde Geheul einer Sirene unterbrach ihn. Wild schwenkte und bockte das Automobil, dann gab es einen fürchterlichen Krach. Lem hatte das Gefühl, er würde schnell durch einen finsteren Tunnel voller klingender Glocken gewirbelt. Alles wurde schwarz, und das letzte, was er mit Bewußtsein wahrnahm, war ein starker stechender Schmerz in der linken Hand.

Als der arme Junge wieder zur Besinnung kam, lag er ausgestreckt auf einer Art Bahre und stellte fest, daß er immer noch irgendwohin transportiert wurde. Nah seinem Kopf saß ein Mann in weißem Anzug, der still eine Zigarre rauchte. Lem wußte, daß er sich nicht mehr in der Limousine befand, denn er sah, daß das hintere Ende des Vehikels weit offen war und eine Menge Licht und Luft einließ.

»Was ist passiert?« fragte er, wie kaum anders zu erwarten.

»Sie kommen also wieder zu sich, äh?« sagte der Mann im weißen Anzug. »Na ja, es wird schon wieder werden mit Ihnen.«

»Aber was ist passiert?«

»Sie haben eine üble Karambolage hinter sich.«

»Eine Karambolage? ... Wo bringen Sie mich hin?«

»Regen Sie sich nicht auf, ich werde Ihnen Ihre Fragen schon beantworten. Die Limousine, in der Sie saßen, wurde von einer Feuerwehr angefahren und völlig demoliert. Der Fahrer muß weggelaufen sein, denn Sie waren der einzige, den wir in dem Wrack gefunden haben. Dies ist der Krankenwagen des Lake-Shore-Krankenhauses, und dort bringen wir Sie hin.«

Lem begriff nunmehr, was er durchgemacht hatte, und dankte Gott, daß er noch am Leben war.

»Ich hoffe, Sie sind nicht gerade Geiger«, fügte der Assistenzarzt rätselhafterweise hinzu.

»Nein, ich spiele nicht Geige, aber warum?«

»Weil Ihre linke Hand schlimm verstümmelt wurde und ich einen Teil davon amputieren mußte. Den Daumen, um es offen zu sagen.«

Lem seufzte tief, doch da er ein tapferer Junge war, zwang er sich, an etwas anderes zu denken.

»Von was für einem Krankenhaus, haben Sie gesagt, kommt dieser Krankenwagen?«

»Lake Shore.«

»Wissen Sie etwas über das Befinden eines Patienten mit Namen Nathan Whipple? Er ist auf dem Ausstellungsgelände von einem Touristen-Bus angefahren worden.«

»Wir haben keinen Patienten, der so heißt.«

»Sind Sie sicher?«

»Absolut. Ich kenne jeden Unfall im Krankenhaus.«

Jählings ging Lem ein Licht auf. »Dann hat er mich mit einer Lüge übertölpelt!« rief er.

»Wer?« fragte der Assistenzarzt.

Lem überhörte die Frage. »Wie spät ist es?« fragte er.

»Eins.«

»Ich habe noch fünfzehn Minuten, um den Zug zu kriegen. Halten Sie an und lassen Sie mich raus, bitte.«

Der Ambulanzdoktor starrte unseren Helden an und fragte sich, ob der Junge wohl übergeschnappt sei.

»Ich muß raus«, wiederholte Lem ungestüm.

»Als Privatmensch können Sie natürlich tun, was Sie wollen, aber ich gebe Ihnen den guten Rat, ins Krankenhaus zu gehen.«

»Nein«, sagte Lem. »Bitte, ich muß auf der Stelle zum Bahnhof. Ich muß einen Zug kriegen.«

»Na, Ihren Schneid bewundere ich. Meine Güte, fast möchte ich Ihnen helfen.«

»O bitte«, bettelte Lem.

Ohne weiteres Hin und Her wies der Arzt den Fahrer an, mit höchster Geschwindigkeit zum Bahnhof zu fahren, auch wenn er alle Verkehrsvorschriften zu mißachten hätte. Nach einer aufregenden Fahrt durch die Stadt trafen sie an ihrem Ziel in eben dem Augenblick ein, als der ›Chief‹ abgehen sollte.

24

Wie Lem schon vermutet hatte, waren Mister Whipple und seine anderen Freunde wohlbehalten im Zug. Als sie seine verbundene Hand erblickten, verlangten sie eine Erklärung, und der arme Junge erzählte die Geschichte seines Abenteuers mit dem Agenten der Dritten Internationale. Sie waren erstaunt und ärgerlich, wie kaum anders zu erwarten.

»Eines Tages«, sagte Mister Whipple unheildrohend, »werden Köpfe in den Sand rollen, bärtige nebst unbärtigen.«

Der Rest der Reise verlief ereignislos. Zufällig war ein hervorragender Arzt mit im Zug, und er brachte die Hand unseres Helden einigermaßen in Form, bis der Zug Südkalifornien erreichte.

Nach einem mehrtägigen Ritt kam die kleine Reisegesellschaft zum Yuba-Fluß in der Sierra Nevada. An einem seiner Nebenflüsse lag Jake Ravens Goldmine.

Unweit der Schürfstelle stand eine Blockhütte, die die Männer der Gruppe bald in einen bewohnbaren Zustand gebracht hatten. Mister Whipple und Betty bezogen sie, während Lem und die Rothaut ihr Bett unter freiem Sternenhimmel machten.

Nach einem Tag harter Arbeit in der Mine saßen die vier Freunde eines Abends um ein Feuer und tranken Kaffee, als ein Mann erschien, der ohne Veränderung an seinem Gesichtsausdruck oder seinem Aufzug für die Fotografie eines Wildwest-Schurken hätte posieren können.

Er trug ein rotes Flanellhemd, lange Lederhosen mit dem Fell noch daran und einen mexikanischen Sombrero. Im Stiefel hatte er ein Bowiemesser, und sehr ostentativ trug er zwei Revolver mit Perlenkolben.

Als er der Gruppe bis auf etwa zwei Ruten nahe gekommen war, entbot er ihr laut einen Gruß.

»Wie steht's, Fremde?« fragte er.

»Ganz gemütlich«, sagte Shagpoke. »Wie geht es Euch?«

»Du bist ein Yankee, nicht?« fragte er, während er vom Pferd stieg.

»Ja, aus Vermont. Wo seid Ihr wohl zu Hause?«

»Ich bin aus dem Pike County in Missouri«, war die Antwort. »Hast schon von Pike gehört, oder etwa nicht?«

»Ich habe von Missouri gehört«, sagte Mister Whipple lächelnd, »aber ich kann nicht gerade behaupten, von diesem County gehört zu haben.«

Der Mann mit den Lederhosen runzelte die Stirn.

»Du stammst wohl von hinterm Wald, wenn du nichts vom Pike County gehört hast«, sagte er. »Im Kampf hat keiner so viel los wie die Leute von da. Ich nehm es mit'm Rudel Wildkatzen auf, werde mit einem Dutzend Injaner auf'm Mal fertig, und ich geh einen Löwen an ohne zu zucken.«

»Möchtet Ihr nicht bei uns Rast machen?« fragte Mister Whipple höflich.

»Von mir aus«, lautete die Erwiderung des rauhbeinigen Missouri-Mannes. »Ihr habt nicht zufällig eine Flasche Whisky dabei, Fremde?« fragte er.

»Nein«, sagte Lem.

Der Neuankömmling schaute enttäuscht drein.

»Zu blöd«, sagte er. »Ich fühle mich so trocken wie ein Salzhering. Was treibt ihr hier eigentlich?«

»Schürfarbeiten«, sagte Mister Whipple.

»In der Erde scharren«, sagte der Fremde angewidert. »Das ist doch keine Arbeit für einen Gentleman.«

Letzteres wurde in einem so großspurig geringschätzigen Ton vorgebracht, daß alle lächelten. In seinem roten Hemd, seinen groben Lederreithosen und mit seiner gebräunten, nicht übermäßig sauberen Haut sah er wahrhaftig nicht eben wie ein Gentleman im herkömmlichen Sinne dieses Begriffes aus.

»Es ist leicht, ein Gentleman zu sein, wenn man Geld in der Hinterhand hat«, bemerkte Lem verständig, aber nicht aggressiv.

»Geht das auf mich?« fragte der Pike-County-Mann, blickte finster herüber und erhob sich halb vom Boden.

»Es geht auf mich«, sagte Lem ruhig.

»Ich nehme die Entschuldigung an«, sagte der Missouri-Mann grimmig. »Aber du reizt mich besser nicht, Fremder, denn ich bin gewaltig böse. Du kennst mich nicht, überhaupt nicht. Ich bin ein Reißschwanzbrüller und Ringelschwanzheuler bin ich. Ich kille jeden, wo mich reizt.«

Nach dieser letzten, blutrünstigen Erklärung gab der Pike-County-Mann eine Zeitlang Ruhe. Er nahm still von dem Kaffee und Kuchen, den Betty ihm vorsetzte. Plötzlich brauste er wieder auf.

»Ist das nich ein Injaner?« brüllte er, zeigte auf Jake Raven und langte nach seinem Gewehr.

Lem stellte sich eilig vor die Rothaut, während Shagpoke den Rohling am Handgelenk packte.

»Er ist ein guter Freund von uns«, sagte Betty.

»Das ist mir doch egal«, sagte der Ringelschwanzheuler. »Laß mich los, und ich murkse den lausigen Eingebornen ab.«

Jake Raven jedoch kam schon allein zurecht. Er zog seinen eigenen Revolver, zielte auf den Bösewicht und sagte: »Schurke, Schnauze, oder ich dich kaltmachen pronto schnell.«

Beim Anblick des gezogenen Schießeisens des Indianers beruhigte sich der Rohling.

»Schon gut«, sagte er, »aber eigentlich bin ich's gewöhnt, jeden Injaner, wo ich sehe, abzuknallen. Der einzige gute Injaner ist ein toter Injaner, sag ich immer.«

Mister Whipple schickte Jake Raven vom Feuer weg, und es entstand ein langes Schweigen, währenddessen alle in die fröhlichen Flammen starrten. Schließlich fand der Mann aus dem Pike County die Sprache wieder; diesmal wandte er sich an Lem.

»Wie wär's mit einem Spielchen, Kumpan?« fragte er. Bei diesen Worten holte er ein schmieriges Spiel hervor und mischte es sehr geübt.

»Ich habe nie im Leben Karten gespielt«, sagte unser Held.

»Wo bist du denn her?« erkundigte sich der Missouri-Mann verachtungsvoll.

»Aus Ottsville, Staat Vermont«, sagte Lem. »Ich kann keine Karte von der anderen unterscheiden, und ich will es auch gar nicht.«

In keiner Weise abgeschreckt, sagte der Pike-Mann: »Ich lern es dir. Wie wär's mit Pokern?«

Nunmehr äußerte sich Mister Whipple. »In diesem Camp gestatten wir keinerlei Glücksspiel«, sagte er mit Festigkeit.

»Was'n Blödsinn«, sagte der Fremde, dessen Ziel darin bestand, seine neuen Freunde zu übervorteilen, denn er war ein erfahrener Glücksspieler.

»Kann schon sein«, sagte Mister Whipple. »Aber das ist unsere Sache.«

»Hör mal, Hombre«, sprudelte der Raufbold hervor. »Du hast wohl noch nicht spitzgekriegt, mit wem du's zu tun hast. Ewige Hölle und Verdammnis, ich bin der Reißschwanzbrüller, jawoll.«

»Das habt Ihr schon mal gesagt«, sagte Mister Whipple ruhig.

»Hölle und Verdammnis, wenn ich das nicht ernst meine«, stieß der Missouri-Mann mit finsterem Blick hervor. »Weißt du, was ich letzte Woche mit einem Kerl angestellt habe?«

»Nein«, sagte Mister Whipple wahrheitsgemäß.

»Wir sind da drüben im Almeda County zusammen geritten. Wir hatten uns durch Zufall kennengelernt, so wie wir heute abend. Ich hab ihm erzählt, wie vier Bären auf einmal auf mich losgegangen sind und wie ich sie alle mit der bloßen Hand abgewürgt habe, und er hat gelacht und gesagt, ich hab wohl was getrunken und alles doppelt gesehn. Wenn der mich besser gekannt hätte, dann hätte der das nicht gesagt.«

»Was haben Sie denn gemacht?« fragte Betty entsetzt.

»Was ich gemacht habe, Madam?« wiederholte der Pike-County-Mann ungestüm. »Ich hab ihm gesagt, daß er wohl keinen Schimmer hatte, wen er beleidigt hat. Ich hab ihm gesagt, ich bin der Ringelschwanzheuler und Reißschwanzbrüller. Ich hab ihm gesagt, er muß kämpfen, und ich hab ihn gefragt, wie er's wollte. Fuß und Faust oder Klauen und Zähne oder Nägel und Dreckkratzer oder Messer, Kanone und Tommyhawk.«

»Hat er gekämpft?« fragte Lem.

»Es blieb ihm ja nichts andres übrig.«

»Wie ist es ausgegangen?«

»Ich hab ihn ins Herz getroffen«, sagte der Missouri-Mann kalt. »Seine Gebeine, die bleichen in dem Canyon, wo er fiel.«

25

Am Tag darauf blieb der Pike-County-Mann bis etwa elf Uhr vormittags in seinen Decken liegen. Er stand erst auf, als Lem, Jake und Shagpoke zum Lunch von ihrer Arbeit am Bach zurückkehrten. Sie waren erstaunt, daß er immer noch im Camp war, sagten aber aus Höflichkeit nichts.

Obwohl sie nichts davon wußten, hatte der Missouri-Mann keineswegs geschlafen. Er hatte unter einem Baum gelegen und sich dreckigen Gedanken hingegeben, während er Betty bei der Hausarbeit beobachtete.

»Ich hab Hunger«, sagte er mit großer Heftigkeit. »Wann gibt's Essen?«

»Möchtet Ihr nicht den Lunch mit uns teilen?« fragte Mister Whipple mit einem sarkastischen Lächeln, das bei dem rauhbeinigen Kerl jedoch jeden Eindruck verfehlte.

»Danke, Fremder, von mir aus«, sprach der Pike-County-Mann. »Meine Fressalien sind mir ausgegangen, bevor ich in euer Camp kam, und ich hatte noch keine Gelegenheit, mich wieder einzudecken.«

Er legte einen derartigen Appetit an den Tag, daß Mister Whipple ihn ängstlich ansah. Die Lebensmittel waren knapp im Camp, und wenn der Fremde so weiteraß, mußte er noch am gleichen Nachmittag in die Stadt reiten und weiteren Proviant heranschaffen.

»Ihr habt einen gesunden Appetit, mein Freund«, sagte Mister Whipple.

»Den hab ich meistens«, sagte der Pike-Mann. »Ihr solltet ein bißchen Whisky auf Lager halten, damit man diesen Fraß runterspülen kann.«

»Wir ziehen Kaffee vor«, sagte Lem.

»Kaffee ist was für Kinder, Whisky ist was für kräftige Männer«, lautete die Entgegnung des Ringelschwanzheulers.

»Ich ziehe trotzdem Kaffee vor«, sagte Lem entschieden.

»Ach was!« sagte der andere verächtlich. »Da könnte ich ja genausogut Magermilch trinken. Für mich gibt's nur anständigen Whisky oder Kornschnaps.«

»Das einzige, was mir in diesem Camp fehlt«, sagte Mister Whipple, »das sind gebackene Bohnen und dunkles Brot. Habt Ihr das schon mal gegessen, Fremder?«

»Ach was!« sagte der Pike-Mann. »Auf euren Yankee-Saufraß leg ich keinen gesteigerten Wert.«

»Was essen Sie denn am liebsten?« fragte Lem lächelnd.

»Sauzitzen und groben Maisbrei, Maisfladen und Fusel.«

»Nun ja«, sagte Lem, »es kommt drauf an, was man von seiner Kindheit her gewohnt ist. Ich mag gebackene Bohnen und dunkles Brot und Kürbiskuchen. Schon mal Kürbiskuchen gegessen?«

»Ja.«

»Und wie hat's geschmeckt?«

»Ich stehe da nicht sehr drauf.«

Während dieses Dialoges vertilgte der Fremde gewaltige Mengen Lebensmittel und trank sechs oder sieben Tassen Kaffee. Mister Whipple sah ein, daß der Schadensfall eingetreten war und daß er aus Yuba einen neuen Lebensmittelvorrat holen müsse.

Nachdem er noch drei Dosen Ananas aufgefressen hatte, taute der Pike-Mann über einer Zigarre von Mister Whipple auf, die er sich ohne erst zu fragen genommen hatte.

»Fremde«, sagte er, »habt ihr schon mal

von der Affäre gehört, die ich mit Jack Scott hatte?«

»Nein«, sagte Mister Whipple.

»Jack und ich, wir waren eine Menge zusammen. Wir haben zusammen gejagt, wir haben zusammen kampiert, und wir waren wie zwei Brüder. Einmal waren wir zusammen am Reiten, da sprang ungefähr fünfzig Ellen vor uns ein Hirsch hoch. Wir beide die Kanonen hoch und auf ihn geballert. In ihm steckte aber nur eine Kugel, und ich wußte todsicher, das war meine.«

»Woher haben Sie das gewußt?« fragte Lem.

»Nu stell mal keine vorwitzigen Fragen, Fremder. Ich hab das eben todsicher gewußt, basta. Aber Jack hat gesagt, es ist seine. ›Das ist mein Hirsch‹, sagt er, ›du hast danebengetroffen.‹ ›Nun hör mal, Jack‹, sag ich, ›da liegst du falsch. Du hast danebengetroffen. Meinst du, ich kann nicht mal meine eigene Kugel erkennen?‹ ›Allerdings‹, sagt er. ›Jack‹, sag ich seelenruhig, ›red nicht so. Das ist gefährlich.‹ ›Meinst du, ich hab Angst vor dir?‹ sagt er und will auf mich los. ›Jack‹, sag ich, ›reiz mich nicht. Ich nehm es mit'm Rudel Wildkatzen auf.‹ ›Aber nicht mit mir‹, sagt er. Das ging mir über die Hutschnur. Ich bin der Reißschwanzbrüller aus dem Pike County, Missouri, und wer mich reizt, den blase ich aus den Stiefeln. ›Jack‹, sag ich, ›wir sind Kumpane gewesen, aber du hast mich beleidigt, und das mußt du mit dem Leben bezahlen.‹ Dann ich hoch mit dem Schießeisen und ihm eine Kugel in den Kopf gejagt.«

»Himmel, wie grausam!« rief Betty.

»Mir hat's ja auch leid getan, schöne Puppe, denn er war mein bester Kumpan, aber er hat mir nicht geglaubt, und wer das tut, muß schon sein Testament aufsetzen, wenn er was zu vermachen hat.«

Niemand sagte etwas, so daß der Pike-Mann fortfuhr.

»Nämlich«, sagte er mit einem gewinnenden Lächeln, »ich schlage mich von Kindheit an herum. Als Junge konnte ich jeden Mitschüler verdreschen.«

»Darum heißt Ihr wohl Reißschwanzbrüller«, sagte Mister Whipple scherzhaft.

»Da hast du recht, Kamerad«, sagte der Pike-Mann selbstgefällig.

»Was habt Ihr gemacht, wenn der Lehrer Euch verprügelt hat?« fragte Mister Whipple.

»Was ich gemacht habe?« schrie der Missouri-Mann mit dämonischem Lachen.

»Ja, was?« fragte Mister Whipple.

»Na, ich hab ihn umgelegt«, sagte der Pike-Mann kurz und bündig.

»Himmel«, sagte Mister Whipple lächelnd. »Wie viele Lehrer habt Ihr denn als Junge so erschossen?«

»Bloß einen. Zu den übrigen hat es sich rumgesprochen, und sie haben sich nie getraut, mich anzurühren.«

Nach diesem letzten Ausspruch legte sich der Desperado unter einen Baum, um in Ruhe die Zigarre zu Ende zu rauchen, die er Mister Whipple weggenommen hatte.

Als sie sahen, daß er zur Zeit nicht die Absicht hatte, sich in Bewegung zu setzen, machten sich die anderen an die Arbeit. Lem und Jake Raven gingen zu der Schürfstelle, die etwa eine Meile von der Hütte entfernt war. Shagpoke sattelte sein Pferd, um in die Stadt zu reiten und einen neuen Lebensmittelvorrat zu holen. Betty machte sich über dem Waschzuber zu schaffen.

Einige Zeit war verstrichen, als Lem und Jake Raven feststellten, daß sie Dynamit benötigten, um ihre Arbeit fortzusetzen. Lem war unten auf dem Grund der Grube, so daß der Indianer die Sprengstoffe aus dem Lager holen ging.

Als Jake nach mehreren Stunden noch nicht zurück war, begann sich Lem seinetwegen Sorgen zu machen. Ihm fiel ein, was der Pike-Mann über sein Verhältnis zu Indianern gesagt hatte, und er fürchtete, der Rohling könne Jake etwas angetan haben.

Unser Held beschloß, selber zurückzugehen und nachzusehen, ob alles in Ordnung war. Als er auf die Lichtung kam, wo die Hütte stand, fand er zu seiner Überraschung alles verlassen.

»He, Jake!« rief Lem bestürztermaßen. »He, Jake Raven!«

Niemand antwortete ihm. Nur der Wald gab ihm mit einem Echo, fast so laut wie sein Ruf, seine Worte zurück.

Plötzlich zerriß ein Schrei die Stille. Lem erkannte die Stimme, die diesen Schrei ausstieß, als die Bettys wieder, und eilends lief er zur Hütte hinüber.

26

Die Tür war verriegelt. Lem hämmerte dagegen, aber es rührte sich nichts. Er ging zum Holzstapel, um sich eine Axt zu holen, und fand dort Jake Raven auf dem Boden. Er hatte eine Schußwunde in der Brust. Lem griff sich hastig die Axt und rannte zur Hütte. Ein paar beherzte Schläge, und die Tür krachte entzwei.

Zu seinem Entsetzen sah Lem im Halbdunkel der Hütte, wie der Pike-Mann an Bettys einzigem verbliebenen Stück Unterwäsche zerrte. Sie wehrte sich, so gut sie konnte, doch der Rohling aus Missouri war zu stark für sie.

Lem hob die Axt hoch über den Kopf und stürzte hinzu. Indessen kam er nicht sehr weit, denn der Rohling hatte für eben einen solchen Fall Vorsorge getroffen, indem er gleich hinter der Tür eine enorme Bärenfalle aufgestellt hatte.

Unser Held trat auf das Tellereisen, und der Sägezahnrachen schnappte mit großer Gewalt um die Wade seines Beins und drang durch Hose, Haut und Fleisch bis in den Knochen. Er brach zusammen, als hätte ihn eine Kugel in den Kopf getroffen.

Als sie sah, wie er sich in seinem Blut wälzte, wurde Betty ohnmächtig. Ohne sich dadurch in irgendeiner Weise beirren zu lassen, setzte der Missouri-Mann kühl seine ruchlose Tätigkeit fort und gelangte alsbald zum Ziel.

Das unglückliche Mädchen in den Armen, verließ er die Hütte. Er warf sie hinter sich über den Sattel, drückte dem Pferd seine grausamen Sporen in die Flanken und galoppierte ungefähr in Richtung Mexiko davon.

Aufs neue senkte sich die tiefe Stille des Urwalds auf die kleine Lichtung hernieder, und mit ihr kehrte der Frieden zu dieser Szene wilder Pein und roher Büberei zurück. Auf einem Wipfel begann ein Eichhörnchen hysterisch zu schnattern, und vom Bach her kam das Platschen einer springenden Forelle. Vögel sangen.

Plötzlich verstummte der Vogelgesang. Das Eichhörnchen floh den Baum, in dem es Tannenzapfen gesammelt hatte. Hinter dem Holzstoß regte sich etwas. Jake Raven war doch nicht tot.

Mit all der stoischen Gleichgültigkeit für den Schmerz, der seine Rasse berühmt gemacht hat, kroch der schwerverwundete Indianer auf Händen und Knien davon. Langsam, aber sicher kam er von der Stelle.

Etwa drei Meilen weiter befand sich die Grenze zum kalifornischen Indianerreservat. Jake wußte, daß seine Leute ganz in der Nähe der Grenze ein Lager aufgeschlagen hatten, und bei ihnen suchte er Hilfe.

Nach langen, quälenden Strapazen erreichte er sein Ziel, doch die Anstrengung hatte ihn so geschwächt, daß er in den Armen der ersten Rothaut, die bei ihm eintraf, in Ohnmacht sank. Nicht jedoch bevor er es fertiggebracht hatte, die folgenden Worte zu murmeln:

»Weißer Mann schießen. Gehen schnell Camp...«

Die Krieger des Stammes überließen Jake den zarten Handreichungen der Dorf-Squaws und versammelten sich um den Wigwam des Häuptlings, um zu beraten, was zu tun war. Irgendwo begann ein Tam-Tam zu schlagen.

Des Häuptlings Name war Israel Satinpenny. Er hatte an der Harvard-Universität studiert und brachte dem weißen Mann unerbittlichen Haß entgegen. Seit vielen Jahren schon hatte er versucht, die indianischen Völker zum Aufstand zu bewegen, um die Bleichgesichter zurück in die Länder zu jagen, aus denen sie gekommen waren, aber er hatte damit bislang wenig Erfolg erzielt. Sein Volk war verweichlicht und hatte seine kriegerischen Gewohnheiten abgelegt. Vielleicht kam seine Chance jetzt mit der willkürlichen Verwundung von Jake Raven.

Als alle Krieger sich um sein Zelt versammelt hatten, erschien er in vollem Staat und begann, eine Ansprache zu halten.

»Rote Männer!« donnerte er. »Die Zeit ist gekommen, im Namen der indianischen Völker zu protestieren und die Stimme zu erheben gegen den Abschaum des Abschaums, das Bleichgesicht.

In der Erinnerung unseres Vaters war dies ein schönes, liebliches Land, in dem ein Mann seinem Herzschlag lauschen konnte, ohne sich zu fragen, ob er vielleicht einen Wecker ticken höre, wo ein Mann seine Nase mit lieblichem Blumenduft vollsaugen konnte, ohne feststellen zu müssen, daß er aus einer Flasche kam. Muß ich die Quellen erwähnen, denen die Tyrannei von Eisenröhren unbekannt war? Das Wild, das niemals Heu gekostet hatte? Die Wildenten, die nie von der Bundesbehörde für Landschaftsschutz gekennzeichnet worden waren?

Für den Verlust dieser Dinge übernahmen wir die Zivilisation des weißen Mannes, die Syphilis und das Radio, Tuberkulose und das Kino. Wir übernahmen seine Zivilisation, weil er selber an sie glaubte. Doch nun, da er begonnen hat zu zweifeln, warum sollten wir nun weiterhin alles hinnehmen? Sein letztes Geschenk an uns ist der Zweifel, ein die Seele zerfressender Zweifel. Er ließ dieses Land im Namen des Fortschritts verkommen, und nunmehr ist er selber es, der verkommt. Der Gestank seiner Angst stinkt empor zu den Nüstern des großen Gottes Manitou.

In welcher Hinsicht ist der weiße Mann weiser als der rote? Wir lebten hier seit unvordenklichen Zeiten, und alles war lieblich und frisch. Das Bleichgesicht kam, und in seiner Weisheit füllte es den Himmel mit Qualm und die Flüsse mit Abfall. Was denn hat der Weiße in seiner Weisheit getan? Ich will es euch verraten. Er hat ingeniöse Zigarettenanzünder fabriziert. Er hat fabelhafte Füllfederhalter fabriziert. Er hat Papiertüten, Türklinken, Kunstledertäschchen fabriziert. Alle Gewalten des Wassers, der Luft und der Erde spannte er dazu ein, seine Räder in den Rädern in den Rädern in den Rädern zu drehen. Und wahrhaftig, sie drehten sich, und das Land wurde mit Klosettpapier überschwemmt, mit bunten Schächtelchen für Stecknadeln, mit Schlüsselringen, Uhrentäschchen, Kunstledertäschchen.

Wenn das Bleichgesicht die Dinge in Augenschein nahm, die es verfertigt hatte, konnten wir roten Männer nur staunen vor Bewunderung für seine Fähigkeit, seine Übelkeit zu verbergen. Doch jetzt sind sie alle voll, die geheimen Winkel der Erde. Jetzt faßt gar das Grand Canyon keine Rasierklingen mehr. Jetzt ist der Damm gebrochen, o Krieger, und die Gegenstände, die er produziert hat, stehen ihm bis an den Hals.

Er hat den Kontinent so ganz und gar versaut. Versucht er wenigstens, ihn wieder zu entsaun? Nein, alle seine Anstrengungen sind darauf gerichtet, den Laden noch weiter zu versauen. Alle seine Sorgen gelten der Frage, wie er weiter kleine Schächtelchen für Stecknadeln fabrizieren kann, Uhrentäschchen und Kunstledertäschchen.

Mißversteht mich nicht, Indianer. Ich bin kein rousseauistischer Philosoph. Ich weiß, daß man die Uhr nicht zurückdrehen kann. Aber eins kann man tun. Man kann diese Uhr anhalten. Man kann diese Uhr kaputtmachen.

Die Zeit ist reif. Krawall und Ruchlosigkeit, Armut und Gewalt sind allüberall. Die Tore des Pandämoniums stehen offen, und durch das Land schreiten die Götter Mapeeo und Suraniou.

Der Tag der Rache ist da. Der Stern des Bleichgesichts ist im Sinken begriffen, und er weiß es. Spengler hat es gesagt; Valéry hat es gesagt; Tausende seiner Weisen verkünden es.

O Brüder, jetzt ist der Augenblick, ihm in den Rücken zu fallen und uns über seinen höckrigen Harnisch herzumachen. Während er krank darniederliegt und ohne Besinnung, während er vor Überdruß an seinem Schund zugrunde geht.«

Wilde Racheschreie entrissen sich den Kehlen der Krieger. Sie stießen ihren neuen Kriegsruf »Haut die Uhr kaputt!« aus, beschmierten sich mit bunten Farben und schwangen sich auf ihre Ponys. In der Hand eines jeden Tapferen befand sich ein Tomahawk und zwischen seinen Zähnen ein Skalpiermesser.

Ehe er auf seinen eigenen Mustang sprang, beorderte Häuptling Satinpenny einen seiner Leutnants zur nächsten Telegrafenstation. Von dort aus sollte er verschlüsselte Botschaften an sämtliche Indianerstämme in den Vereinigten Staaten, Kanada und Mexiko schikken, die ihnen Aufruhr und Mord befahlen.

Mit Satinpenny an der Spitze galoppierten die Krieger auf dem Pfad durch den Wald, auf dem Jake Raven gekommen war. Als sie bei der Hütte ankamen, fanden sie Lem noch fest in dem unnachgiebigen Rachen der Bärenfalle.

»Jiihoiii!« kreischte der Häuptling, während er sich über die hingestreckte Gestalt des armen Jungen beugte und ihm den Skalp vom Kopfe riß. Seine dampfende Trophäe hoch in der Luft schwingend, sprang er auf sein Pony und machte sich auf zu den nächstgelegenen Siedlungen, in seinem Gefolge die Horde blutrünstiger Wilder.

Ein Indianerjunge blieb mit der Anweisung

zurück, die Hütte in Brand zu setzen. Glücklicherweise hatte er keine Streichhölzer bei sich; er versuchte es mit zwei Stäbchen, aber wie sehr er sie auch aneinander rieb, warm davon wurde er allein.

Mit einem Fluch, der schlecht zu seinem zarten Alter paßte, ging er im Bach schwimmen, beraubte aber zunächst Lems blutigen Kopf seines Gebisses und Glasauges.

27

Einige Stunden später traf Mister Whipple mit seiner Last an Vorräten zu Pferde auf der Szene ein. Er hatte die Lichtung kaum erreicht, da wußte er auch schon, daß etwas nicht stimmte, und eilends lief er zur Hütte. Dort entdeckte er Lem, den Fuß noch immer in der Bärenfalle.

Er beugte sich über die bewußtlose Gestalt des armen, verstümmelten Jungen und stellte zu seiner Freude fest, daß sein Herz noch schlug. Verzweifelt versuchte er, die Zakkenbügel zu öffnen, doch es gelang ihm nicht, und er mußte Lem mit der Falle am Bein aus der Hütte tragen.

Er legte unseren Helden quer über sein Sattelhorn, ritt die ganze Nacht hindurch im Galopp und traf am nächsten Morgen im County-Krankenhaus ein. Lem wurde sofort aufgenommen, und die guten Ärzte begannen ihren langen Kampf um sein Leben. Sie obsiegten, jedoch nicht, ehe sie es für nötig befunden hatten, ihm das Bein am Knie zu amputieren.

Nachdem Jake Raven verschwunden war, hatte es für Mister Whipple keinen Sinn, zur Goldmine zurückzukehren; so blieb er in Lems Nähe und besuchte den armen Knaben tagein, tagaus. Bald brachte er ihm eine Apfelsine mit, bald ein paar einfache Feldblumen, die er eigenhändig gepflückt hatte.

Lems Genesung dauerte lange. Noch bevor sie abgeschlossen war, ging Shagpoke das Geld aus, und der Ex-Präsident war genötigt, in einer Mietstallung zu arbeiten, um sein Leben zu fristen. Als unser Held aus dem Krankenhaus entlassen wurde, leistete er ihm dort Gesellschaft.

Zunächst hatte Lem einige Schwierigkeit bei der Benutzung des Holzbeins, mit dem die Krankenhausleitung ihn versehen hatte. Übung jedoch macht den Meister, und bald war er imstande, Mister Whipple bei der Säuberung der Ställe und dem Striegeln der Pferde zur Hand zu gehen.

Selbstverständlich verspürten unsere beiden Freunde keine große Lust, Pferdeknechte zu bleiben. Sie beide sahen sich nach angemessenerer Beschäftigung um, aber es gab keine.

Shagpokes Geist war alert und einfallsreich. Als er eines Tages Lem zum zwanzigsten Mal seinen Skalp vorweisen sah, kam ihm eine Idee. Warum nicht ein Zelt anschaffen und seinen jungen Freund als den letzten Mann ausstellen, der von den Indianern skalpiert worden war, und als den einzigen Überlebenden des Massakers vom Yuba-Fluß?

Unseren Helden begeisterte der Plan nicht sonderlich, doch Mister Whipple konnte ihn schließlich davon überzeugen, daß dies die einzige Art war, auf die sie der Plackerei im Mietstall zu entkommen hoffen konnten. Er versprach Lem, daß sie mit den Zeltvorführungen aufhören würden, sobald sie etwas Geld beisammen hätten, um sich dann einem anderen Erwerb zuzuwenden.

Aus einem alten Stück Persenning bastelten sie sich ein grobes Zelt. Dann besorgte Mister Whipple von einem Hausiererbedarfslieferanten einen Kasten billiger Kerosinfeuerzeuge. Mit dieser mageren Ausrüstung gingen sie auf Achse.

Ihre Arbeitsmethode war sehr einfach. Wenn sie in die Außenbezirke einer aussichtsreichen Ortschaft kamen, bauten sie ihr

Zelt auf. Lem versteckte sich darin, während Mister Whipple mit einem Stock wie wild auf die Unterseite einer Blechdose einschlug.

Bald darauf hatte sich um ihn herum eine Menschenmenge angesammelt, die wissen wollte, was der Krach zu bedeuten hatte. Wenn er die Vorteile der Kerosinfeuerzeuge ausgemalt hatte, machte er seinem Publikum eine ›Doppelofferte‹. Für die gleichen zehn Cents könnten sie sowohl ein Feuerzeug bekommen als auch das Zelt betreten, wo der einzige Überlebende des Massakers vom Yuba-Fluß zu besichtigen war – aus nächster Nähe gebe es seinen frisch skalpierten Schädel zu sehen.

Das Geschäft lief nicht so flott, wie sie gehofft hatten. Obwohl Mister Whipple ein erstklassiger Verkäufer war, hatten die Leute, mit denen sie es zu tun bekamen, sehr wenig Geld übrig und konnten sich Befriedigungen ihrer Neugier auch dann nicht leisten, wenn diese noch so sehr angestachelt war.

Nach vielen beschwerlichen Monaten auf der Straße wollten die beiden Freunde eines Tages gerade ihr Zelt aufbauen, als ein kleiner Junge ihnen ungefragt zu verstehen gab, daß im Opernhaus des Ortes gratis eine viel größere Show gastiere. Da ihnen klar war, daß jeder Versuch, mit dieser anderen Attraktion zu konkurrieren, zum Scheitern verurteilt war, beschlossen sie, selber hinzugehen.

An jedem Zaun hingen Anschläge, und die beiden Freunde blieben stehen und lasen einen.

GRATIS GRATIS GRATIS
Kabinett amerikanischer Scheußlichkeiten
Lebendiger und lebloser
Monstrositäten
ferner
Häuptling Jake Raven
Kommen Sie Kommen Sie alle
S. Snodgrasse
Manager
GRATIS GRATIS GRATIS

Erfreut darüber, daß ihr rothäutiger Freund noch am Leben war, machten sie sich auf die Suche nach ihm. Er kam gerade die Treppe des Opernhauses herab, als sie dort eintrafen, und seine Freude über ihr Wiedersehen war sehr groß. Er drang in sie, mit ihm in ein Restaurant zu gehen.

Beim Kaffee erklärte Jake, wie er zu dem Indianerlager gekrochen war, nachdem der Pike-County-Mann auf ihn geschossen hatte. Dort waren seine Verletzungen mit Hilfe gewisser Arzneien, die ein Geheimnis der Squaws seines Stammes waren, geheilt worden. Eben dieses Elixier verkaufte er nunmehr im Rahmen des ›Kabinetts amerikanischer Scheußlichkeiten‹.

Lem seinerseits erzählte, wie man ihn skalpiert hatte und wie Mister Whipple gerade noch rechtzeitig eingetroffen war, um ihn ins Krankenhaus zu schaffen. Nachdem er sich die Geschichte des Jungen mitfühlend angehört hatte, gab Jake seinem Zorn in deutlichen Worten Ausdruck. Er verurteilte Häuptling Satinpenny als Heißsporn und versicherte Lem und Mister Whipple, daß alle anständigen Stammesmitglieder Satinpennys Aktivitäten mißbilligten.

Obwohl Mister Whipple Jake Glauben schenkte, gab er sich nicht damit zufrieden, daß der Indianeraufstand so simpel gewesen sein sollte, wie es den Anschein hatte. »Woher«, fragte er die freundliche Rothaut, »hatte denn Satinpenny die Maschinengewehre und den Whisky, die er brauchte, um seine Krieger so lange im Feld zu halten?«

Jake war außerstande, diese Frage zu beantworten, und Mister Whipple lächelte, als wisse er sehr viel mehr, als er im Augenblick preiszugeben bereit war.

28

»Ich kann mich sehr gut an Ihre Amtszeit erinnern«, sagte Sylvanus Snodgrasse zu Mister Whipple. »Es wird mir eine Ehre sein, Sie und Ihren jungen Freund, den ich ebenfalls kenne und bewundere, bei mir zu beschäftigen.«

»Dankeschön«, sagten Shagpoke und Lem im Chor.

»Sie werden heute den Tag über Ihre Rollen proben, und morgen treten Sie in dem Festaufzug auf.«

Der freundlichen Vermittlung Jake Ravens hatten sie es zu verdanken, daß das obige Gespräch zustande gekommen war. Als er merkte, wie abgebrannt sie waren, hatte er den beiden Freunden vorgeschlagen, ihre eigene kleine Show aufzugeben und sich statt dessen bei der anstellen zu lassen, mit der er selber reiste.

Sobald Shagpoke und Lem das Büro des Managers verlassen hatten, ging eine Geheimtür auf, und durch sie trat ein gewisses Individuum in den Raum. Hätten sie ihn gesehen und gewußt, wer er war, so wären sie höchlich erstaunt gewesen. Darüber hinaus hätten ihre neuen Jobs sie auch nicht ganz so froh gemacht.

Dieser Fremde war niemand anders als der Dicke im Einreiher, V-Mann-Führer 6348XM, bei einer anderen Adresse als Genosse Z bekannt. Seine Anwesenheit in Snodgrasses Büro erklärt sich aus dem Umstand, daß das ›Kabinett amerikanischer Scheußlichkeiten, lebendiger und lebloser Monstrositäten‹ zwar ein Museum zu sein schien, in Wahrheit jedoch eine Einrichtung zur Verbreitung von Propaganda subversivster Art war. Zu diesem Zweck war es von eben jenen Gruppen ins Leben gerufen und finanziert worden, die den Dicken beschäftigten.

Snodgrasse war aufgrund seiner Unfähigkeit, seine ›Gedichte‹ zu verkaufen, einer ihrer Agenten geworden. Wie mancher andere ›Dichter‹ machte er für sein literarisches Versagen das amerikanische Publikum und nicht seine eigene Talentlosigkeit verantwortlich, und sein Wunsch nach Revolution war in Wahrheit ein Wunsch nach Rache. Da er außerdem den Glauben an sich selber verloren hatte, hielt er es für seine Pflicht, den

Glauben des Volkes an sich selbst zu untergraben.

Wie schon ihr Name verhieß, zerfiel die Show in zwei Abteilungen, eine ›lebendige‹ und eine ›leblose‹. Lassen Sie uns zunächst die letztere betrachten, die aus unzähligen, aus der Volkskunst des Landes ausgewählten Objekten und aus einer ebenso großen Zahl von Industrieartikeln bestand, wie sie Häuptling Satinpenny so tief verabscheute.

(»Ist das wirklich Zufall?« sollte Mister Whipple später fragen.)

Der Korridor, der zu dem Hauptsaal der ›leblosen‹ Exponate führte, war von Gipsskulpturen gesäumt. Zu den auffälligsten gehörte eine Venus von Milo mit einer Uhr im Bauch, eine Replika von Powers ›Griechischer Sklavin‹ mit elastischen Bandagen an allen Gelenken sowie ein Herkules mit einem kleinen, kompakten Bruchband.

In der Mitte des Hauptsaales befand sich eine riesige Hämorrhoide, die von innen durch Glühbirnen erleuchtet wurde. Um die Wirkung pulsenden Schmerzes zu erzeugen, gingen diese Lichter an und aus.

Alles jedoch war nicht so medizinisch. An den Wänden standen Tische mit Sammlungen von Gegenständen, die sich durch die große Geschicklichkeit auszeichneten, mit der ihr Material unkenntlich gemacht worden war. Papier war so bearbeitet worden, daß es wie Holz aussah, Holz sah wie Gummi aus, Gummi wie Stahl, Stahl wie Käse, Käse wie Glas und schließlich Glas wie Papier.

Andere Tische trugen Instrumente, die einen doppelten oder zuweilen dreifachen oder gar sechsfachen Verwendungszweck hatten. Zu den ingeniösesten gehörten Bleistiftanspitzer, die sich als Ohrlöffel verwenden ließen, und Büchsenöffner, die gleichzeitig Haarbürsten waren. Außerdem gab es eine große Zahl verschiedenartigster Gegenstände, deren eigentlicher Verwendungszweck sinnreich kaschiert worden war. Der Besucher sah Blumentöpfe, die eigentlich Grammophone waren, Revolver, die Bonbons enthielten, Bonbons, die Kragenknöpfe enthielten, und so fort.

Der ›lebendige‹ Teil der Show fand im Saal des Opernhauses statt. Er hieß ›Der Festaufzug Amerikas oder Ein Fluch auf Kolumbus‹ und bestand aus einer Folge kurzer Sketche, in denen gezeigt wurde, wie Quäker gebrandmarkt, Indianer mißhandelt und übers Ohr gehauen und Neger verkauft wurden und wie Kinder sich zu Tode rackerten. Snodgrasse versuchte diese Sketche und den ›leblosen‹ Teil in einer kurzen Rede miteinander in Beziehung zu bringen, in der er behauptete, daß diese Szenen zu jenen Waren geführt hätten. Seine Argumente waren jedoch nicht sehr einleuchtend.

Der ›Festaufzug‹ gipfelte in einem kleinen Dramolett, das ich aus dem Gedächtnis wiederzugeben versuchen werde. Wenn der Vorhang sich hebt, sieht das Publikum das gemütliche Wohnzimmer eines typisch amerikanischen Hauses. Eine alte, weißhaarige Großmutter strickt am Kaminfeuer, während die drei kleinen Söhne ihrer toten Tochter zusammen auf dem Fußboden spielen. Aus einem Radio in der Ecke kommt eine klangvolle, melodische Stimme.

Radio: »Die Unermüdliche Investitionsgesellschaft in der Wall Street wünscht ihren unsichtbaren Zuhörern viel Glück, Gesundheit und Reichtum, den vor allem. Witwen, Waisen, Krüppel, sind die Zinsen auch hoch genug, die ihr für euer Kapital bekommt? Bringt das Geld, das eure Toten euch hinterlassen haben, alle die Annehmlichkeiten, die sie euch einst wünschten? Wir erwarten Ihren Brief oder Anruf ...«

An dieser Stelle wird die Bühne für ein paar Sekunden dunkel. Wenn die Lichter wieder angehen, hören wir die gleiche Stimme, aber wir sehen, daß ein aalglatter junger Verkäufer spricht. Er redet mit der Oma. Es wirkt wie eine Schlange mit einem Vogel. Der Vogel ist natürlich die alte Dame.

Glatter Verkäufer: »Liebe Frau, in Südamerika liegt das schöne, fruchtbare Land Iguania. Es ist ein fabelhaftes Land, reich an Naturschätzen und Erdöl. Für fünftausend Dollar – ja, meine Dame, ich rate Ihnen, alle Ihre Schatzanleihen zu verkaufen – bekommen Sie zehn von unseren Gold-Iguaniern, die pro Jahr siebzehn Prozent abwerfen. Diese Aktien sind durch eine erste Hypothek auf sämtliche Naturschätze von Iguania abgesichert.«

Großmutter: »Aber ich ...«

Glatter Verkäufer: »Sie müssen schnell handeln, da wir nur noch eine begrenzte Zahl von Gold-Iguaniern übrig haben. Diejenigen, die ich Ihnen anbiete, gehören zu einer Serie, die wir speziell für Witwen und Waisen reserviert haben. Wir mußten das tun, weil sonst die großen Banken und Geldinstitute die gesamte Emission an sich gerissen hätten.«

Großmutter: »Aber ich...«

Die drei kleinen Söhne: »Daddada...«

Glatter Verkäufer: »Denken Sie an die Kleinen, meine Dame. Bald sollen sie aufs College. Dann wollen sie flotte Anzüge und Banjos und Pelzmäntel wie die anderen Jungs. Wie werden Sie dann dastehen, wenn Sie wegen Ihrer Halsstarrigkeit ihnen das alles verweigern müssen?«

An dieser Stelle fällt der Vorhang, und die Szene verwandelt sich. Wenn er sich hebt, erblickt man eine belebte Straße. Die alte Großmutter sieht man im Rinnstein liegen, den Kopf an den Bordstein gelehnt. Um sie herum sind ihre drei Enkel gruppiert, alle sehr augenscheinlich Hungers gestorben.

Großmutter (schwach zu den Vorübereilenden): »Wir verhungern. Brot... Brot...«

Niemand nimmt Notiz von ihr, und sie stirbt.

Ein lauer Wind spielt schelmisch mit den Lumpen, mit denen die vier Leichname bedeckt sind. Plötzlich wirbelt er mehrere Blätter reichbedruckten Papiers auf, von denen eines zwei Herren mit Zylinderhüten vor die Füße geweht wird; ihre Westen sind mit gewaltigen Dollarsymbolen bestickt. Offensichtlich handelt es sich um Millionäre.

Erster Millionär (hebt das bedruckte Papier auf): »He, Bill, ist das nicht eine von deinen iguanischen Gold-Aktien?« (Er lacht.)

Zweiter Millionär (ahmt das Lachen seines Gefährten nach): »Allerdings. Die stammt aus der Sonderemission für Witwen und Waisen. Ich habe sie 1928 herausgebracht, und sie sind weggegangen wie die warmen Semmeln. (Er wendet das Papier in der Hand bewundernd hin und her.) Ich will dir eins sagen, George, gute Druckqualität macht sich jedenfalls bezahlt.«

Unter herzhaftem Lachen gehen die beiden Millionäre weiter. Die vier Toten liegen ihnen im Weg, und fast stolpern sie darüber. Mit einem Fluch auf die Straßenreinigung gehen sie ab.

29

Das ›Kabinett amerikanischer Scheußlichkeiten, lebendiger und lebloser Monstrositäten‹ traf etwa einen Monat, nachdem die beiden Freunde sich ihm angeschlossen hatten, in Detroit ein. Während sie dort spielten, fragte Lem Mister Whipple über die Show aus. Besonders ratlos machte ihn die Szene, in der die Millionäre auf die toten Kinder traten.

»Also zunächst einmal«, sagte Mister Whipple als Antwort auf Lems Fragen, »mußte die Großmutter die Aktien ja nicht kaufen, wenn sie es nicht gewollt hätte. Zweitens wird das ganze Stück durch die Tatsache, daß niemand auf der Straße sterben kann, lächerlich gemacht. Die Behörden dulden das nämlich nicht.«

»Aber«, sagte Lem, »ich dachte, Sie wären gegen die Kapitalisten?«

»Doch nicht gegen alle Kapitalisten«, antwortete Shagpoke. »Man muß zwischen bösen und guten Kapitalisten unterscheiden, zwischen Schmarotzern und Schöpfern. Ich bin gegen die schmarotzerhaften internationalen Bankiers, aber nicht gegen die schöpferischen amerikanischen Kapitalisten wie zum Beispiel Henry Ford.«

»Sind Kapitalisten, die toten Kindern ins Gesicht treten, nicht böse?«

»Selbst wenn sie es wären«, erwiderte Shagpoke, »ist es falsch, dem Publikum solche Szenen zu zeigen. Ich habe darum etwas gegen sie einzuwenden, weil sie geeignet sind, Haßgefühle zwischen den Klassen aufkommen zu lassen.«

»Aha«, sagte Lem.

»Worauf ich hinauswill«, fuhr Mister Whipple fort, »Kapital und Arbeiterschaft müssen lernen, gemeinsam zum allgemeinen Wohl des Landes zu wirken. Beide müssen dazu gebracht werden, den materialistischen Kampf um höhere Löhne auf der einen Seite, um höhere Profite auf der anderen sein zu lassen. Beide müssen zu der Einsicht gebracht werden, daß der einzige Kampf, der der Amerikaner würdig ist, der idealistische Kampf ihres Landes gegen seine Feinde ist, gegen England, Japan, Rußland, Rom und Jerusalem. Vergiß nie, mein Junge, daß Klassenkampf Bürgerkrieg bedeutet und uns vernichten wird.«

»Sollten wir dann nicht Mister Snodgrasse davon abbringen, seine Show weiter zu zeigen?« fragte Lem naiv.

»Nein«, erwiderte Shagpoke. »Wenn wir das versuchen, wird er uns nur hinauswerfen. Wir müssen vielmehr abwarten, bis sich eine günstige Gelegenheit bietet, und dann ihn und seine Show als das entlarven, was sie sind. Hier in Detroit gibt es zu viele Juden, Katholiken und Gewerkschaftsmitglieder. Täusche ich mich nicht, werden wir aber bald in den Süden ziehen. Wenn wir dann in eine richtig amerikanische Stadt kommen, dann handeln wir.«

Mister Whipple hatte recht mit seiner Vermutung. Nachdem er noch ein paar mittelwestliche Städte bespielt hatte, lenkte Snodgrasse seine Truppe am Mississippi entlang nach Süden und traf schließlich für ein einmaliges Gastspiel in der Stadt Beulah ein.

»Jetzt ist es soweit«, verkündete Mister Whipple Lem in heiserem Flüsterton, als er sich die Einwohner Beulahs gründlich angeschaut hatte. »Mir nach.«

Unser Held begleitete Shagpoke in den Barbierladen, der einem gewissen Keely Jefferson gehörte, einem leidenschaftlichen Südstaatler alter Schule. Mister Whipple nahm den Friseurmeister beiseite. Nach einer geflüsterten Zwiesprache fand er sich bereit, eine Bürgerversammlung zu arrangieren, auf der Shagpoke eine Rede halten konnte.

Noch am gleichen Nachmittag um fünf Uhr strömten alle Einwohner Beulahs, die nicht farbig, jüdisch oder katholisch waren, unter einem Baum zusammen, berühmt dafür, daß an jedem seiner Äste irgendwann einmal ein Neger gehangen hatte. Da standen sie, tausend Mann an der Zahl, tranken Coca-Cola und scherzten mit Freunden. Obwohl jeder dritte Bürger entweder einen Strick oder ein Gewehr bei sich hatte, strafte ihr heiteres Wesen den Ernst des Augenblicks Lügen.

Mister Jefferson stieg auf eine Kiste, um Mister Whipple vorzustellen.

»Mitbürger, Südstaatler, Protestanten, Amerikaner«, hob er an. »Ihr seid hier zusammengerufen worden, um Shagpoke Whipple reden zu hören, einen der wenigen Yanks, wo wir hier im Süden trauen und wo wir respektieren können. Er ist kein Nigger-Spezi nicht, er scheißt auf die Juden-Kultur, und er erkennt, wo der Papst seine feine italienische Hand drauf hat. Mister Whipple...«

Shagpoke stieg auf die Kiste, die Mister Jefferson freimachte, und wartete, bis die Jubelrufe nachließen. Er hob an, indem er die Hand aufs Herz legte. »Ich liebe den Süden«, verkündigte er. »Ich liebe ihn, weil seine Frauen schön und keusch sind, seine Männer tapfer und ritterlich und seine Äcker warm und fruchtbar. Nur eins gibt es, das ich noch mehr liebe als den Süden ... mein Vaterland, diese Vereinigten Staaten.«

Die Jubelrufe, mit denen dieses Bekenntnis aufgenommen wurde, waren noch ungestümer und heiserer als die zuvor. Mister Whipple streckte die Hand aus, um Ruhe zu gebieten, doch erst nach ganzen fünf Minuten ließen ihn seine Zuhörer weiterreden.

»Habt Dank«, rief er glücklich, von der Begeisterung seiner Zuhörer tief bewegt. »Ich weiß, daß eure Jubelrufe aus dem Grunde eurer ehrlichen, furchtlosen Herzen kommen. Und ich bin dankbar, weil ich ebenfalls weiß, daß sie nicht mir gelten, sondern unserem heißgeliebten Land.

Jedoch, dies ist nicht der Augenblick und

nicht der Ort für blumige Reden, es ist der Augenblick des Handelns. In unserer Mitte befindet sich ein Feind, der von innen bohrt und so unsere Institutionen untergräbt und unsere Freiheit bedroht. Weder heißes Blei noch kalter Stahl sind seine Waffen, sondern heimtückische Propaganda. Er ist bestrebt, Bruder gegen Bruder aufzuhetzen, die Besitzlosen gegen die Besitzenden.

Jetzt noch steht ihr hier unter diesem heroischen Baum als die freien Männer, die ihr seid, doch morgen schon werdet ihr die Sklaven von Sozialisten und Bolschewisten sein. Eure Geliebten und Frauen werden zum Gemeinbesitz von Ausländern, damit die sie nach Belieben beschwatzen und beschmatzen. Eure Läden wird man euch entreißen, von euren Höfen wird man euch verjagen. Statt dessen wird man euch stinkige Sklavenkrumen mit russischen Etiketten hinwerfen.

Ist der Geist von Jubal Early und Francis Marion denn so tot, daß ihr euch nur noch duckt und winselt wie Köter? Habt ihr Jefferson Davis vergessen?

Nein?

Dann mögen jene von euch, die die Erinnerung an ihre Ahnen bewahrt haben, Sylvanus Snodgrasse zu Fall bringen, den schmierigen Verschwörer, diese Schlange am Herzen des Volkskörpers. Mögen jene...«

Ehe noch Mister Whipple seine kleine Rede beendet hatte, rannte die Menge in alle Richtungen davon und brüllte »lyncht ihn! lyncht ihn!«, obwohl reichlich drei Viertel von ihnen keine Ahnung hatten, wer es war, der gelyncht werden sollte. Dieser Umstand indessen beirrte sie nicht. Ihr Unwissen hielten sie eher für einen Vorteil als für einen Hinderungsgrund, denn es gab ihnen einen beträchtlichen Spielraum bei der Wahl eines Opfers.

Die besser Informierten in dem Mob machten sich zum Opernhaus auf, wo das ›Kabinett amerikanischer Scheußlichkeiten‹ untergebracht war. Snodgrasse jedoch war nirgends zu finden. Er war gewarnt worden und hatte sich verzogen. Da sie aber meinten, jemanden aufhängen zu müssen, legten sie Jake Raven seiner dunklen Hautfarbe wegen einen Strick um den Hals. Dann setzten sie das Gebäude in Brand.

Ein anderer Teil von Shagpokes Zuhörerschaft, meist ältere Männer, hatte irgendwie den Eindruck gewonnen, daß sich der Süden abermals vom Staatenbund gelöst habe. Vielleicht lag es daran, daß Shagpoke die Namen Jubal Early, Francis Marion und Jefferson Davis erwähnt hatte. Jedenfalls hißten sie eine Konföderations-Fahne an dem Mast vor dem Gericht und bereiteten sich darauf vor, sie bis zum letzten Blutstropfen zu verteidigen.

Andere Bürger von praktischerer Denkweise machten sich daran, die Bank auszurauben und die wichtigsten Geschäfte zu plündern sowie alle Verwandten zu befreien, die das Pech hatten, gerade im Gefängnis zu sitzen.

Mit der Zeit nahm der Aufruhr einen immer allgemeineren Charakter an. Die Köpfe von Negern wurden auf Stangen vorbeigetragen. Ein jüdischer Schlagzeuger wurde an die Tür seines Hotelzimmers genagelt. Die Haushälterin des katholischen Priesters wurde vergewaltigt.

30

Lem verlor Mister Whipple aus den Augen, als sich die Versammlung auflöste, und obwohl er überall suchte, konnte er ihn nicht finden. Während er umherstreifte, wurde mehrmals auf ihn geschossen, und nur mit dem allergrößten Glück konnte er lebendigen Leibes entkommen.

Er schaffte es, indem er zu Fuß in die nächste Stadt mit einem Bahnhof ging und dort den ersten Zug in Richtung Nordosten nahm. Unglücklicherweise jedoch war sein ganzes Geld in dem Opernhausbrand verlorengegangen, und er war außerstande, sich eine Fahrkarte zu kaufen. Der Schaffner jedoch war ein herzensguter Mensch. Als er sah, daß der Junge nur ein Bein hatte, wartete er, bis der Zug vor einer Kurve bremste, ehe er ihn hinausstieß.

Die nächste Autostraße war nur etwa dreißig Kilometer entfernt, und Lem brachte es fertig, noch vor der Morgendämmerung dorthin zu humpeln. Einmal auf der Landstraße, gelangte er per Autostop innerhalb von etwa zehn Wochen nach New York.

Die Zeiten waren überaus schwer geworden für die Bewohner dieser einstmals wohlhabenden Weltstadt, und Lems zerlumptes, ausgemergeltes Aussehen rief keine abträglichen Bemerkungen hervor. Er war imstande, im großen Heer der Arbeitslosen unterzutauchen.

Unser Held unterschied sich jedoch in mehrfacher Hinsicht von den meisten in jenem Heer. Einmal badete er regelmäßig. Jeden Morgen sprang er in den kalten See im Central Park, an dessen Ufern er in einem ausgeschlachteten Klavier hauste. Auch suchte er tagein, tagaus all die Stellenvermittlungsagenturen auf, die noch geöffnet waren, und weigerte sich, Mutlosigkeit und Bitterkeit in sich aufkommen zu lassen und zu einem mäkelnden Kritiker alles Bestehenden zu werden.

Als er eines Tages zaghaft die Tür des ›Arbeitsbüros Golden Gates‹ öffnete, grüßte ihn ein freundliches Lächeln anstelle der üblichen Sticheleien und Flüche.

»Mein Junge«, rief Mister Gates aus, der Inhaber, »wir haben eine Stelle für Sie aufgetrieben.«

Bei dieser Nachricht quollen Tränen in Lems heiles Auge, und eine Gefühlsaufwallung schnürte ihm die Kehle so zusammen, daß er kein Wort herausbrachte.

Das Schweigen des Jungen erstaunte und irritierte Mister Gates, der seinen Grund nicht durchschaute. »So eine Chance kommt nur einmal im Leben«, sagte er vorwurfsvoll. »Sie haben natürlich schon von dem großen Paar Riley und Robbins gehört. Wo sie auftreten, erscheinen sie auf den Plakaten als ›Eine Viertelstunde wüster Spaß, daß die Wände vor Lachen wackeln‹. Na ja, Moe Riley ist ein alter Bekannter von mir. Er ist heute früh hier vorbeigekommen und hat mich gebeten, ihm einen Assistenten für seinen Auftritt zu besorgen. Er wollte einen Einäugigen, und da habe ich sofort an Sie gedacht.«

Inzwischen hatte Lem genügend Selbstbeherrschung zurückgewonnen, um Mister Gates zu danken, und er bedankte sich überschwenglich.

»Sie hätten die Stelle fast nicht gekriegt«, fuhr Mister Gates fort, als er genug hatte von der Dankbarkeit des verstümmelten Jungen. »Hier war gerade so ein Mensch und hat mit angehört, was Moe Riley zu mir sagte, und wir hatten ziemliche Mühe, ihn davon abzuhalten, sich ein Auge auszustechen und so für den Job auch in Frage zu kommen. Wir mußten einen Bullen rufen.«

»Ach, wie furchtbar«, sagte Lem traurig.

»Aber ich hab Riley gesagt, daß Sie auch noch ein Holzbein, eine Perücke und ein Gebiß haben, und da wollte er niemand anderes als Sie.«

Als unser Held sich am Bijou-Theater meldete, wo Riley und Robbins auftraten, wurde er am Bühneneingang vom Pförtner aufgehalten, den seine zerlumpte Kleidung mißtrauisch machte. Er bestand darauf, eingelassen zu werden, und der Pförtner erklärte sich schließlich bereit, den Komikern eine Nachricht zukommen zu lassen. Wenig später wurde er in ihre Garderobe geführt.

Lem stand in der Tür und spielte verlegen mit einem Stück schmutzigen Stoffes, das ihm als Kopfbedeckung diente, bis die Lachsalven nachließen, mit denen ihn Riley und Robbins begrüßt hatten. Glücklicherweise kam der arme Junge nicht auf die Idee, daß er der Gegenstand ihrer Heiterkeit war, oder er hätte vielleicht die Flucht ergriffen.

Um ganz gerecht zu sein: unter einem bestimmten Aspekt, wenn auch zugegebenermaßen keinem sehr zivilisierten, bot manches an dem Aussehen unseres Helden durchaus Grund zum Lachen. Er hatte nicht nur wie ein vorzeitig kahl gewordener Mann keine Haare mehr, sondern wo er von Häuptling Satinpenny skalpiert worden war, war unverkennbar sein grauer Schädelknochen zu sehen. Außerdem hatten böse Buben Initialen, verschlungene Herzen und andere unschuldige Zeichen in sein Holzbein gekerbt.

»Du bist Klasse!« riefen die beiden Komiker im Argot ihres Berufes. »Du bist eine steile Nummer! Du haust den ganzen Saal um. Junge, Junge, wart nur mal, bis die Eiterbeulen und Flohsäcke dich beglupschen.«

Obschon Lem ihre Sprache nicht verstand, war er doch äußerst beglückt, daß seine Arbeitgeber augenscheinlich mit ihm zufrieden waren. Er dankte ihnen überströmend.

»Dein Lohn ist zwölf Dollar die Woche«, sagte Riley, der der Geschäftsmann des Gespanns war. »Wir würden dir ja gerne mehr zahlen, denn du bist mehr wert, aber das sind jetzt schwere Zeiten fürs Theater.«

Lem nahm ohne kleinliche Widerrede an, und sie begannen sofort mit ihm zu proben. Seine Rolle war einfach, enthielt keinen Dialog, und er beherrschte sie bald vollkommen. Noch am gleichen Abend gab er sein Debüt auf der Bühne. Als der Vorhang hochging, sah man ihn zwischen den beiden Komikern stehen, das Gesicht den Zuschauern zugewandt. Er trug einen alten Gehrock, der ihm viele Nummern zu groß war, und seine Züge drückten äußerste Nüchternheit und Würde aus. Zu seinen Füßen stand ein großer Kasten, dessen Inhalt die Zuschauer nicht sehen konnten.

Riley und Robbins trugen gestreifte blaue Flanellanzüge vom modischsten Schnitt, weiße Leinengamaschen und hellgraue runde Filzhüte. Um den Unterschied zwischen ihnen und ihrem Komparsen noch weiter zu betonen, wirkten sie froh und munter. In den Händen hielten sie zu Knüppeln gerollte Zeitungen.

Sobald das Gelächter nachgelassen hatte, das ihr Äußeres ausgelöst hatte, begannen sie mit ihrem ›flotten Kreuzfeuer spritziger Pointen‹.

Riley: »Alle Achtung, Mensch, wer war denn diese Dame, mit der ich dich gestern abend gesehen habe?«

Robbins: »Wie hast du mich gestern abend

sehen können? Du hattest doch ganz schön Mattscheibe.«

Riley: »Also hör mal, du Flegel, das steht nicht im Textbuch, du weißt es ganz genau.«

Robbins: »Textbuch? Was für ein Textbuch?«

Riley: »Schon gut, schon gut! Du bist ein toller Spaßvogel, aber jetzt wollen wir mal zur Sache kommen. Also ich sag zu dir: ›Wer war diese Dame, mit der ich dich gestern abend gesehen habe?‹ Und du sagst: ›Das war keine Dame, aber dämlich war sie schon.‹«

Robbins: »Du klaust mir meine Zeilen, was?«

Darauf machten sich beide Schauspieler über Lem her und schlugen ihn mit den zusammengerollten Zeitungen kräftig auf Kopf und Körper. Ihr Ziel war es, sein Toupee herunter- oder seine Zähne und sein Auge herauszuschlagen. Wenn sie eins dieser Ziele oder alle erreicht hatten, hörten sie auf, auf ihn einzuprügeln. Dann bückte sich Lem, dessen Rolle darin bestand, sich während der Prügelei nicht zu rühren, und nahm mit nüchterner Würde aus dem Kasten zu seinen Füßen, der eine reiche Auswahl an falschen

Haaren, Zähnen und Augen enthielt, was immer er benötigte, um das zu ersetzen, was ihm ab- oder ausgeschlagen worden war.

Die Nummer dauerte etwa fünfzehn Minuten, und während dieser Zeit erzählten Riley und Robbins ungefähr zwanzig Witze, und nach jedem wurde Lem unbarmherzig geschlagen. Für einen Schlußvorhang holten sie ein enormes Schlagholz mit der Aufschrift ›Schlagende Beweise‹ hervor und demolierten unseren Helden vollständig. Sein Toupee segelte herunter, sein Auge und seine Zähne fielen aus, und sein Holzbein flog in den Saal.

Beim Anblick des Holzbeins, auf dessen Vorhandensein sie nicht im mindesten gefaßt gewesen waren, wurden die Zuschauer von Lachen geschüttelt. Sie lachten, bis der Vorhang niederging, und sie lachten noch weiter.

Die Arbeitgeber unseres Helden beglückwünschten ihn zu seinem Erfolg, und obwohl sein Kopf von ihren Schlägen schmerzte, machte ihn das recht froh. Schließlich hatte er, bei Millionen Arbeitslosen, keinen Grund, sich zu beklagen.

Eine von Lems Aufgaben bestand darin, Zeitungen zu kaufen und aus ihnen jene

Knüppel zu gestalten, mit denen er geschlagen wurde. Nach der Vorstellung bekam er die Zeitungen zu lesen. Sie bildeten seine einzige Zerstreuung, denn sein magerer Lohn schloß jeden aufwendigeren Zeitvertreib aus.

Die geistigen Reaktionen des armen Jungen waren durch all den Verdruß, den er durchgemacht hatte, beträchtlich verlangsamt worden, und es war ein herzzerreißender Anblick, mit anzusehen, wie er sich über eine Zeitung beugte und die Schlagzeilen buchstabierte. Mehr brachte er nicht zuwege.

»Präsident schliesst Banken endgültig«, las er eines Abends. Er seufzte tief. Nicht weil er nun schon wieder die wenigen Dollar verloren hatte, die zu sparen ihm gelungen war, und die hatte er damit verloren, sondern weil er an Mister Whipple und die Rat River National Bank denken mußte. Er verbrachte den Rest der Nacht damit, sich zu fragen, was wohl aus seinem alten Freund geworden sein mochte.

Einige Wochen später sollte es ihm klarwerden. »Whipple verlangt Diktatur«, las er. »Lederhemdenkrawalle im Süden.« Dann kamen in rascher Folge andere Schlagzeilen, die von den Siegen kündeten, welche Mister Whipples Nationalrevolutionäre Partei errungen hatte. Der Süden und der Westen, so erfuhr Lem, standen geschlossen hinter seiner Bewegung, und er marschierte auf Chicago.

31

Eines Tages suchte ein Fremder Lem im Theater auf. Er redete unseren Helden mit Kommandeur Pitkin an und sagte, er sei Sturmtruppler Zachary Coates.

Lem hieß ihn willkommen und bat eifrig um Nachrichten von Mister Whipple. Er erfuhr, daß Shagpoke an eben dem Abend in der Stadt weilen würde. Sodann setzte ihm Mister Coates auseinander, daß New York aufgrund seiner großen ausländischen Bevölkerung der Nationalrevolutionären Partei immer noch Widerstand leiste.

»Aber heute abend«, sagte er, »wird die Stadt von Tausenden von ›Lederhemden‹ aus der Provinz voll sein, und es wird ein Versuch unternommen werden, die Macht zu übernehmen.«

Während er redete, starrte er unseren Helden genau an. Offenbar zufrieden mit dem Anblick, salutierte er zackig und sagte: »Als eins der Gründungsmitglieder der Partei sind Sie aufgefordert, daran mitzuwirken.«

»Ich mache gern mit, so gut ich kann, heißt das«, erwiderte Lem.

»Gut! Mister Whipple wird das mit Freude hören, denn er hat auf Sie gezählt.«

»Ich bin ja nun so ziemlich ein Krüppel«, setzte Lem mit tapferem Lächeln hinzu. »Viel kann ich wohl nicht tun.«

»Wir von der Partei wissen, wie Sie Ihre Wunden erworben haben. Ja, eine unserer Hauptabsichten ist es, zu verhindern, daß die Jugend dieses Landes so gemartert wird, wie Sie gemartert wurden. Wenn ich das so sagen darf, Kommandeur Pitkin, dann sind Sie meiner unmaßgeblichen Ansicht nach im Begriff, als einer der Märtyrer unserer Sache anerkannt zu werden.« An dieser Stelle salutierte er abermals.

Lem machte das Lob des Mannes verlegen, und eilig wechselte er das Thema. »Was befiehlt Mister Whipple?« fragte er.

»Wo auch immer sich heute abend große Menschenmengen zusammenfinden, in den Parks, Theatern, Untergrundbahnen, hält ein Parteimitglied eine Rede. Unter den Zuhörern werden sich verstreut einzelne ›Lederhemden‹ in Zivilkleidung aufhalten, die dem Redner behilflich sind, die patriotische

Begeisterung der Menge zu entfachen. Wenn diese Begeisterung die richtige Stärke erreicht hat, wird ein Marsch zum Rathaus angeordnet. Dort findet eine Massenkundgebung statt, auf der Mister Whipple spricht. Er wird die Macht über die Stadt verlangen und sie erhalten.«

»Das klingt ja fabelhaft«, sagte Lem. »Wahrscheinlich soll ich in diesem Theater hier eine Rede halten?«

»Jawohl.«

»Das würde ich ja gerne tun, wenn ich's könnte«, erwiderte Lem, »aber ich fürchte, ich kann nicht. Ich hab noch nie in meinem Leben eine Rede gehalten. Nämlich, ich bin gar kein richtiger Schauspieler, sondern nur Watschenmann. Und außerdem wären Riley und Robbins bestimmt nicht erbaut, wenn ich ihnen ihre Nummer schmeiße.«

»Machen Sie sich keine Sorgen über diese Herren«, sagte Mister Coates mit einem Lächeln. »Man wird sich ihrer annehmen. Was Ihren anderen Grund angeht, so habe ich hier in der Tasche eine Rede, die Mister Whipple eigens für Sie geschrieben hat. Ich bin hier, um sie mit Ihnen einzustudieren.«

Zachary Coates langte in die Tasche und holte einen Stapel Papiere hervor. »Lesen Sie sich das erst mal durch«, sagte er entschieden, »dann proben wir's.«

An jenem Abend betrat Lem die Bühne allein. Obwohl er sein Bühnenkostüm nicht trug, sondern die Ausgehuniform der ›Lederhemden‹, wußte das Publikum vom Programmzettel, daß er als Prügelknabe zu den Komikern gehörte, und brüllte vor Lachen.

Diese unvermutete Reaktion machte das wenige an Selbstsicherheit zunichte, was der arme Junge aufgebracht hatte, und einen Augenblick sah es so aus, als wolle er die Flucht ergreifen. Zum Glück jedoch hatte der Kapellmeister, der Mister Whipples Organisation angehörte, genug Geistesgegenwart, die Nationalhymne spielen zu lassen. Das Publikum hörte zu lachen auf und erhob sich feierlich.

Einen einzigen gab es in dieser ganzen Menschenschar, der sich nicht erhob. Es war unser alter Bekannter, der Dicke im Einreiher. Hinter den Vorhängen einer Loge verborgen, duckte er sich in seinen Sessel und streichelte seine Selbstladepistole. Wieder trug er einen falschen Bart.

Als die Kapelle fertig war, setzte sich das Publikum wieder, und Lem schickte sich an, seine Rede zu halten.

»Ich bin ein Clown«, begann er, »doch gibt es Zeiten, da selbst Clowns ernst werden müssen. Eine solche Zeit ist dies. Ich...«

Weiter kam Lem nicht. Ein Schuß fiel, und tot sank er nieder, das Herz durchbohrt von eines Mörders Kugel.

Damit ist fast alles erzählt, doch bevor ich dieses Buch beende, habe ich eine letzte Szene zu beschreiben.

Es ist Pitkins Geburtstag, ein Nationalfeiertag, und ihm zu Ehren veranstaltet die Jugend eine Parade auf der Fifth Avenue. Hunderttausend sind sie an der Zahl. Auf eines jeden Jungen Kopf ist eine Waschbärenpelzmütze, und auf jeder Schulter ruht ein Eichhörnchengewehr.

Hört, was sie singen. Es ist das ›Lemuel-Pitkin-Lied‹.

Wer wagt's mit mir? – L. Pitkin rief es
    trutzig
Und betrat kühn die Bühne des Bijou.

In Whipples Namen: Auf! Wes Geist wäre
  so schmutzig
Und folgt ihm nicht? Millionen sind's –
  und du!

Refrain
Die Arme hoch! Begeistert hebt sie jeder.
Für Pitkin kämpft, wer irgend kämpfen
  kann.
Für Pitkin schlägt das Herz hoch unterm
  wilden Leder,
Marschiert voll Stolz so mancher brave
  Mann.

Die Jugend zieht an der Tribüne vorbei, und von ihr herab erwidert Mister Whipple stolz ihren Gruß. Die Jahre haben ihm nur wenig anhaben können. Sein Rücken ist so gerade wie je, und seine grauen Augen haben nichts von ihrem Feuer eingebüßt.

Doch wer ist die kleine Frau in Schwarz gleich neben dem Diktator? Könnte es Witwe Pitkin sein? Ja, sie ist's. Sie weint, denn einer Mutter kann der Ruhm ein geliebtes Kind niemals ersetzen. Ihr kommt es wie gestern vor, daß Rechtsanwalt Slemp Lem in den offenen Keller gestoßen hat.

Und neben Witwe Pitkin steht noch eine andere Frau. Diese ist jung und schön, aber gleichwohl stehen auch ihr Tränen in den Augen. Sehen wir näher hin, denn irgendwie kommt sie uns bekannt vor. Es ist Betty Prail. Sie scheint ein Staatsamt zu bekleiden, und wenn wir uns erkundigen, so sagt uns einer der Umstehenden, daß sie Mister Whipples Sekretärin ist.

Die Marschierenden haben sich um die Tribüne zusammengezogen, und Mister Whipple wird zu ihnen sprechen.

»Warum feiern wir diesen Tag vor allen anderen Tagen?« fragt er seine Zuhörer mit Donnerstimme. »Was hat Lemuel Pitkin groß gemacht? Sehen wir uns sein Leben an.

Zunächst erblicken wir ihn als kleinen Jungen, leichten Fußes, wie er im Vermonter Rattenfluß nach Kaulquappen fischt. Später besucht er die High School von Ottsville, wo er Kapitän der Neun ist und ein hervorragender Außenfeldspieler. Dann bricht er auf in die großen Städte, um sein Glück zu versuchen. In alldem folgt er der ehrwürdigen Tradition seines Landes und seines Volkes, und er hat ein Anrecht darauf, gewisse Belohnungen zu erwarten.

Das Gefängnis ist seine erste Belohnung. Armut seine zweite. Gewalt seine dritte. Und seine letzte ist der Tod.

Schlicht war seine Pilgerfahrt und kurz, doch noch in tausend Jahren wird keine Geschichte, keine Tragödie, keine Epik Wunderbareres enthalten und von der Menschheit mit tieferer Bewegung aufgenommen werden als jene, die vom Leben und Sterben des Lemuel Pitkin berichtet.

Doch ich habe die Frage nicht beantwortet. Worin besteht die Größe Lemuel Pitkins? Warum regt sich der Märtyrer so triumphal, warum erhebt sich die Nation jedesmal zu seinem Advent? Warum sind Städte und Staaten seine Sargträger?

Weil er, obzwar tot, dennoch zu uns spricht.

Was hat er uns zu sagen? Er spricht von dem Recht eines jeden amerikanischen Jungen, in die Welt hinauszugehen und dort eine faire Behandlung und die Chance zu erhalten, durch Fleiß und Rechtschaffenheit sein Glück zu machen, ohne daß ihn ausländische Intellektuelle auslachen oder sich gegen ihn verschwören.

Ach, Lemuel Pitkin selber hatte diese

Chance nicht, sondern wurde statt dessen vom Feind demontiert. Seine Zähne wurden ihm gezogen. Sein Auge wurde ihm aus dem Kopf genommen. Der Daumen wurde ihm amputiert. Der Skalp wurde ihm vom Kopf gerissen. Das Bein wurde ihm abgesägt. Und schließlich schoß man ihn ins Herz.

Doch sein Leben und Sterben waren nicht vergeblich. Dank solchen Märtyrern triumphierte die Nationalrevolutionäre Partei, und dieser Triumph befreite unser Land vom Intellektualismus, vom Marxismus und Internationalen Kapitalismus. Durch die Nationale Revolution wurde sein Volk von ausländischen Krankheiten geheilt, und Amerika wurde wieder amerikanisch.«

»Heil dem Märtyrer vom Bijou-Theater!« rufen Shagpokes jugendliche Zuhörer, wenn er zu Ende ist.

»Heil Lemuel Pitkin!«

»Heil dir, amerikanischer Junge!«

Anmerkungen

Wir betrachten es als eine selbstverständliche Wahrheit, daß alle Menschen gleich geschaffen sind, daß sie von ihrem Schöpfer mit bestimmten unveräußerlichen Rechten ausgestattet wurden, daß zu diesen das Leben, die Freiheit und die Verfolgung des Glücks gehören. (Unabhängigkeitserklärung der Vereinigten Staaten von Amerika, 1776, entworfen von Thomas Jefferson, hier in wörtlicher Übersetzung.)

Motto: Wie Nathanael Wests Biograph Jay Martin schreibt, handelt es sich bei dem Motto um eine geläufige Redensart unter den Studenten der Brown University zu der Zeit, als West dort einige Jahre hinbrachte; der berühmteste Brown-Absolvent war einst Rockefeller gewesen.

Seite 89: In dieser Heldengalerie sind der antike ›Quintus Maximus‹ und moderne ›Deaf Smith‹ erfundene Größen. Leonidas, König von Sparta, fiel 480 v. Chr. bei der Verteidigung des Thermopylen-Passes gegen die persische Übermacht. Wolfe Tone (1763–1798), irischer Freiheitskämpfer, wurde von den Engländern gefangengenommen und zum Tode verurteilt; vor der Vollstreckung des Urteils durchschnitt er sich die Kehle.

Seite 97: Am Raisin-Fluß südlich von Detroit (heute im Bundesstaat Michigan) wurde während des

Britisch-Amerikanischen Krieges von 1812–1814 im Januar 1813 ein US-amerikanischer Truppenverband bei dem Versuch, in Kanada einzudringen, durch die britische Armee und die mit ihr verbündeten Indianer besiegt; die Indianer töteten 500 US-amerikanische Kriegsgefangene. – Im Alamo, einer ehemaligen Missionsfestung in San Antonio, Texas, verteidigten sich im März 1836 während des texanischen Unabhängigkeitskrieges gegen Mexiko 180 US-Amerikaner dreizehn Tage lang gegen 4000 Mexikaner; sie wurden sämtlich getötet. – Die ›Maine‹ war ein amerikanisches Schlachtschiff, das 1898 im Hafen von Havanna explodierte (266 Tote); der Zwischenfall wurde zum unmittelbaren Anlaß für den Spanisch-Amerikanischen Krieg von 1898, in dem Spanien Kuba, Puerto Rico und die Philippinen verlor.

Seite 130: Gibson Girl: Der amerikanische Maler und Illustrator Charles Dana Gibson (1867–1944) malte 1890 ein Mädchen, das als Idealtyp der jungen Amerikanerin sehr bekannt werden sollte.

Seite 212: Jubal Early (1816–1894), Offizier aus Virginia, war im Sezessionskrieg 1861–1865 Generalleutnant der Südstaatenarmee. – Francis Marion (1732–1795), Soldat aus South Carolina, tat sich im Unabhängigkeitskrieg gegen England als Führer eines gefürchteten Partisanenverbandes (›Marion's Brigade‹) hervor. – Jefferson Davis (1808–1889) aus dem Staat Kentucky war einer der Führer der Sezessionsbewegung und Präsident der elf im Sezessionskrieg unterlegenen konföderierten Südstaaten.

Nachwort

Wystan Hugh Auden nannte eine allgemeine ›spirituale Krankheit‹ nach ihm: die ›Westsche Krankheit‹. Sie bestehe darin, schrieb er, daß das von ihr erfaßte Bewußtsein unfähig werde, »Wünsche in Begierden umzusetzen ... Unser unterbewußtes Leben wird vom Wunsch regiert, doch da es hier nicht zum Handeln kommt, bringt dies keine Gefahren mit sich; selbst Alpträume sind spielerisch. Pflicht des Bewußtseins ist es indessen, Wunsch in Begierde umzusetzen. Wenn es nun, sei es aus Selbsthaß oder Selbstmitleid oder was sonst für einem Grund, dies versäumt, setzt es das betreffende Menschenwesen einem ausgefallenen und gräßlichen Schicksal aus.« In Gesellschaften, in denen dem Individuum von vornherein ein unverrückbarer Platz angewiesen war, habe es auch diese Krankheit noch kaum geben können. »Je universaler aber die Gleichheit der Möglichkeiten in einer Gesellschaft wird, desto deutlicher tritt auch die Ungleichheit der Begabung und des Charakters unter den Individuen zutage, und desto bitterer und fühlbarer muß es sein zu versagen.«

Bei dem, was Auden da skizziert, scheint es sich also nicht um eine quasi endogene Bewußtseinslähmung zu handeln. Vielmehr wecken die sich überbietenden Offerten, denen das Individuum ausgesetzt ist und die es nicht mehr von vornherein als außerhalb seiner Reichweite kennenlernt, ein Potential an Wünschen, deren Erfüllung objektive Grenzen oder eigene Schwächen entgegenstehen und die selbst dort, wo sie sich als erfüllbar erweisen, sofort von den nächsten Wünschen übertrumpft werden, so daß sie sich bei einiger Lebensklugheit oft besser von vornherein zurücknehmen.

Das Ergebnis ist eine chronische Frustration. Keine eherne Weltordnung hält einen an seinem Platz. Überall locken attraktivere Möglichkeiten. Man »würde eigentlich gern«, aber man wird gar nichts oder fast gar nichts. Man lebt in einer stumpfen Unzufriedenheit. Die Kluft zwischen den vorgespiegelten Glücksmöglichkeiten und den tristen Fakten des Alltags setzt sich in Verbitterung und Aggressivität um, bei introvertierten Menschen in Selbstmitleid oder Selbsthaß. Und zuweilen bricht irrationale Gewalt hervor.

In Wests bekanntestem Roman, ›Miss Lonelyhearts‹ (deutsch: ›Schreiben Sie Miss Lonelyhearts‹, Diogenes Verlag), setzt sich ein Mann diesem unerschöpflichen und unbehebbaren Unglück seiner Mitmenschen aus. Er muß es von Berufs wegen, jedenfalls solange er den Beruf ernst nimmt und sich nicht wie sein Vorgesetzter, der Redakteur Shrike, mit Zynismus dagegen panzert; er ist nämlich ›Briefkastentante‹ einer Zeitung. Das echte Leiden hinter der Unbeholfenheit der Appelle, die ihn erreichen, entgeht ihm nicht; ebensowenig entgeht ihm, daß er nicht helfen kann, weder mit optimistischen Floskeln, wie sie von ihm erwartet werden, noch mit einem volleren Einsatz, daß wohl überhaupt niemand und nichts helfen kann, dem Mädchen ohne Nase, der ratlosen Hausfrau, die sich ihr Leben lang vergeblich abgeplagt hat. So bleibt ihm nur: sich zu verkriechen, Wahnsinn; und daß ihn einer jener Unglücklichen am Ende tötet, weil er sich von ihm betrogen glaubt (halb zu Recht, halb zu Unrecht, aber zu dem Unglück gehören auch die Mißverständnisse, die unausbleiblich und unauflösbar sind) – dieser sein farcenhafter Märtyrertod hat seine Logik.

Die kollektiven Träume waren es, die Nathanael West sein Leben lang faszinierten, ihre Materialisationen in der Architektur, der Innenausstattung, in Filmen, in dem, was seit Roland Barthes die ›Mythen des Alltags‹ heißt.

»Es ist schwer, über das Bedürfnis nach Schönheit und Romantischem zu lachen, gleichgültig wie geschmacklos, wie scheußlich sogar die Ergebnisse dieses Bedürfnisses sind. Weniges ist trauriger als das wahrhaft Monströse«, heißt es in Nathanael Wests letztem Roman ›The Day of the Locust‹ (deutsch: ›Tag der Heuschrecke‹, Diogenes Verlag) nach einer ausführlichen Schilderung der architektonischen Greuel in der Kapitale der Trivialträume, in Hollywood. Und über die Gips- und Pappmachéwelt auf den Aufnahmegeländen der Filmstudios: »Er dachte an Janviers ›Sargassomeer‹. Genau wie dieses imaginäre Gewässer eine Geschichte der Zivilisation in der Form eines maritimen Abfallgeländes war, so war das Aufnahmegelände eine in der Form einer Traumhalde. Ein Sargassomeer der Phantasie! Und die Halde wuchs beständig, denn nirgends schwamm ein Traum herum, der nicht früher oder später hierhergeraten würde, nachdem er mit Hilfe von Gips, Stoff, Leisten und Farbe fotografierbar gemacht war. Viele Schiffe sinken und erreichen das Sargassomeer nie, doch kein Traum verschwindet je ganz. Irgendwo quält er einen Unglücklichen, und wenn sich der Betroffene eines Tages ausreichend gequält fühlt, wird er auf dem Studiogelände reproduziert.«

Der Roman ›The Day of the Locust‹ schließt mit einer Massenhysterie, einer Massenpanik, zu der sich die bei einer Filmpremiere auf die Stars wartende Menge aufwiegelt. Es ist die Creme der Unglücklichen und Enttäuschten – jene, die nach Hollywood gepilgert sind, weil sie hier, in der Fabrikationsstätte der sie plagenden Träume, Erleichterung erhoffen, und die in der Regel nur um so bitterer enttäuscht werden. West beschreibt sie: »Es war falsch, sie für harmlose Neugierige zu halten. Sie waren finster und verbittert, besonders die in den mittleren Jahren und die Alten, und Langeweile und Enttäuschung hatten sie dazu gemacht. Ihr Leben lang hatten sie irgendeine öde, schwere Sklavenarbeit verrichtet, hinter Tischen und Tresen, auf Feldern und an langweiligen Maschinen aller Art, hatten ihre Pfennige zusammengespart und von der Muße geträumt, die sie sich leisten könnten, wenn sie genug beieinander hatten. Endlich kam dieser Tag ... Wohin konnten sie gehen wenn nicht ins Land Kalifornien, wo die Sonne scheint und die Orangen glühen? Nach ihrer Ankunft stellen sie fest, daß Sonnenschein nicht genügt. Orangen hängen ihnen zum Hals heraus, sogar Avocados und Passionsblumen. Nichts geschieht. Sie wissen nicht, was sie mit ihrer Zeit anfangen sollen. Für Muße fehlen ihnen die geistigen Voraussetzungen, für Vergnügungen die körperlichen ... Sie beobachten die an der Küste von Venice anrollenden Wellen. Wo die meisten von ihnen herkamen, gab es keinen Ozean, aber wenn man eine Welle gesehen hat, hat man alle gesehen ... Ihre Langeweile wird immer schrecklicher. Sie begreifen, daß sie betrogen wurden, und brennen vor Groll. Tagein, tagaus haben sie Zeitung gelesen, sind sie ins Kino gegangen. Beide haben sie mit Lynchmorden, Raubmorden, Sexualverbrechen, Explosionen, Schiffsuntergängen, Amouren, Feuersbrünsten, Revolutionen, Kriegen gefüttert. Die tägliche Kost hat sie verwöhnt. Die Sonne ist ein Witz. Orangen können ihre abgestumpften Gaumen nicht reizen. Nichts kann je gewaltsam genug sein, um ihre schlaffen Seelen und Körper wieder zu spannen. Sie sind betrogen und verraten worden. Sie haben für nichts gespurt und gespart.«

Der Maler Tod Hackett, Hauptfigur dieses Buches, ist einer von ihnen und wiederum von ihnen abgehoben, weil er den Tort ihres Schicksals durchschaut, der sie von dem Glauben an Wunder in die Gewalt führt: »Ein Super-Doktor-Allwissend-und-

Alldurchdringend hatte das notwendige Versprechen gegeben, und nun marschierten sie hinter seinem Banner her in einer großen Einheitsfront der Verschrobenen und Verschlissenen, um das Land zu säubern. Ihrer Langeweile nunmehr enthoben, sangen und tanzten sie freudig im roten Schein der Flammen.«

Tod Hackett hatte sich vorgenommen, sie nicht satirisch zu karikieren, wie Hogarth oder Daumier es getan hätte, sie auch nicht zu bemitleiden. »Er würde ihre Wut mit Respekt malen, in Kenntnis ihrer schrecklichen, anarchischen Macht und im klaren darüber, daß sie es in sich hatten, die Kultur zu zerstören.«

Er umreißt damit das Programm, das sich Nathanael West gern gegeben hätte. Die knappen Andeutungen schon dürften zeigen, daß man es hier mit einem Schriftsteller von außerordentlicher Modernität zu tun hat. Sein Werk ist schmal, die einbändige amerikanische Ausgabe seiner vier Romane (›The Dream Life of Balso Snell‹, 1931; ›Miss Lonelyhearts‹, 1933; ›A Cool Million‹, 1934; ›The Day of the Locust‹, 1939) umfaßt gerade 420 Seiten; dazu kommt nur noch etwas Lyrik, vor allem Schüler- und Studentengedichte, einige unpublizierte und zum Teil unfertige Kurzgeschichten und kaum noch identifizierbare Beiträge zu einer mißglückten Broadway-Show und etwa dreißig Hollywood-Filmen. Er war ein lakonischer Schriftsteller; am Ausspinnen seiner Handlungen, am Ausweiten seiner Themen hat er nie Gefallen gefunden. Seine

Bücher sind Kondensliteratur. Viele Leser haben sie bisher nicht gefunden; dafür reihen ihn diese wenigen mit großer Selbstverständlichkeit unter die Klassiker der modernen Literatur. Malcolm Cowley sagte von dem Roman ›Miss Lonelyhearts‹, es sei ein Buch, »das sich einfach dagegen sträube, vergessen zu werden«. Edmund Wilson meinte, West habe wenigstens zwei Bücher hinterlassen, »die als Kunstwerke vollendeter und vollkommener sind als fast alles andere, was seine Generation hervorgebracht hat«. William Carlos Williams sagte von seiner Sprache, sie vermittle »das wirkliche, unglaublich tote Leben der Leute und die unglaublich tote Atmosphäre des Buches selbst, und – mein Gott! – wir begreifen, was für Schufte wir in diesem Jahrhundert geworden sind.« Wests Freund F. Scott Fitzgerald attestierte dem Roman ›The Day of the Locust‹ »Szenen von außerordentlicher Kraft« – dabei arbeitete er selber gerade an einem ganz andersartigen Hollywood-Roman, ›The Last Tycoon‹, der niemals vollendet werden sollte, einem Roman über die obersten sozialen Regionen von Hollywood, die bei West völlig fehlen – dessen Hollywood ist das der namenlosen Glücksucher, der riesigen namenlosen Komparserie.

Am einsichtigen Lob der Literaten hat es West also weder zu Lebzeiten noch später gefehlt. Der Erfolg, den West doch so begehrte, blieb gleichwohl aus. Erst 1970 wurde ihm eine Biographie zuteil: ›Nathanael West – The Art of His Life‹. Sie freilich geriet zu einem Monument, wie sie nur noch hin und wieder in angelsächsischen Ländern entstehen. Ihr Autor, Jay Martin, Professor für Englische und Vergleichende Literaturwissenschaft an der University of California in Irvine, hielt sich im Unterschied zu deutschen Monographen mit eigenen Interpretationen weitgehend zurück. Dafür rekonstruierte er mit imposantem Fleiß Wests Leben Zug um Zug – keine leichte Sache, da sein Verlauf alles andere als dramatisch und spektakulär war und da West überdies eine unüberwindliche Neigung hatte, gerade diesen Mangel durch erfundene und etwas stattlicher wirkende Geschichten aus seinem Vorleben zu kaschieren. Martins achtseitiges Vorwort besteht fast zur Gänze aus einer Namensliste – den Namen von etwa dreihundertfünfzig Leuten, die er interviewte, brieflich ausfragte oder die ihm sonst mit Auskünften über Nathanael West behilflich waren und denen er hier seinen Dank abstattete.

Sonst gibt es bis heute nur Ansätze, in Wests Werk einzudringen, etwa das Richtungsschild, das Jay Martin einmal denn doch selber aufstellte: »Er war tief pessimistisch, aber jenen dankbar, ›die ihm Grund zur Hoffnung gaben‹. Dennoch verlangte es ihn nie nach einer Religion, zumindest ließ er sich von seinem Verlangen nicht zum Glauben verleiten. Seine Hoffnungen waren auf seine Zweifel abgestimmt. Es waren austarierte Gegengewichte in Wests Reaktionen, und auf ihnen beruht seine Ironie; denn vor der Wahl zwischen Glauben und Zweifel entschied er sich in seiner Kunst für beide.

Mitleid und Schrecken sollten seine Themen sein; und seine Kunst wurde dort, wo sie am gelungensten ist, zur ironischen Tragödie.«

Dafür aber wissen wir nun um so genauer, welchem Lebenslauf dieses Werk entstammt.

Nathanael West, mit bürgerlichem Namen Nathan Weinstein, wurde am 17. Oktober 1903 in New York geboren. Seine Vorfahren väterlicherwie mütterlicherseits waren litauische Juden – ein großer, verzweigter, zusammenhaltender Clan, der sich allmählich nach Amerika absetzte, als seinen Angehörigen, die sich als Deutsche empfanden, unter russischer Herrschaft das Leben immer schwerer gemacht wurde. (Deutschland als Identifikationsland für das Ostjudentum: das hat es auch einmal gegeben, und es ist noch keine hundert Jahre her!) Bei den Weinsteins und Wallensteins zu Hause wurde nicht Russisch und auch nicht Jiddisch gesprochen, sondern Deutsch. Mit seinen aus Litauen mitgebrachten soliden handwerklichen Fertigkeiten als Maurer und Steinmetz fiel es Wests Vater während des Baubooms im ersten Viertel des zwanzigsten Jahrhunderts nicht schwer, in New York als Bauunternehmer Fuß zu fassen und es auch in der Neuen Welt zu einem relativen Wohlstand zu bringen, der dann allerdings der Wirtschaftskrise Ende der zwanziger Jahre, die sich in der Baubranche besonders früh bemerkbar machte, zum Opfer fiel.

Wie viele Immigranten strebte Wests Familie in Amerika vor allem nach Assimilation und Erfolg. Nathan aber wehrte sich von früh an, es zu etwas Ordentlichem nach den Maßstäben seiner Familie zu bringen. Der geläufige Konflikt zwischen den nur allzu vernünftigen Eltern und dem Kind, das sich darauf versteift, einen unsicheren und wahrscheinlich brotlosen künstlerischen Beruf zu ergreifen, scheint sich im Falle Wests noch insofern verschärft zu haben, als er seinen Eltern nicht so ganz unrecht geben konnte und auch später nicht mit jenem Erfolg aufzuwarten vermochte, der ihn gerechtfertigt hätte. Jedenfalls gab sich West ausgiebigen Träumen von einer gloriosen Zukunft hin; sein pubertäres Experimentieren mit dem Namen ›Nathanael von Wallenstein Weinstein‹ ist ein Indiz, ein Indiz auch für die Identitätskrise, die ihn ständig begleitet haben muß: als Sohn litauischer Einwanderer, der die Brücken zu seiner Herkunft abgebrochen hat und neue bauen muß; als Jude ohne Rassenbewußtsein und jüdischen Glauben; als Bürger, der seinem Stand davonläuft und es sich eigentlich nicht leisten kann.

Um den Schulbesuch verstand West sich weitgehend zu drücken; in die vornehme Brown University schwindelte er sich mit falschen Zeugnissen, 1924 schloß er sogar das Studium förmlich mit dem Grad eines Bachelor of Philosophy ab. In den Jahren an der Brown University wurde sein Interesse für Kunst und Literatur geweckt, es entstand vor ihm das schemenhafte Alternativbild eines Künstlerlebens. Ein Künstler, jedenfalls in den zwanziger Jahren, gehörte natürlich nach Paris. Statt dem Drängen seiner Eltern nachzugeben und in die Baufirma seines Vaters einzutreten, überredete er die Familie dazu, ihm eine Reise nach Paris zu finanzieren. Sie dauerte nicht lange – die Geschäfte seines Vaters ließen nach, das Geld ging aus, West mußte schon nach ein paar Monaten zurückkehren und nunmehr tatsächlich eine Stelle antreten. Er spielte sechs Jahre lang, von 1927 bis 1933, den Nachtportier, den night manager in zweitklassigen New Yorker Hotels, erst in dem Hotel Kenmore Hall, dann dem Sutton. Der Job ließ ihm viel Zeit zum Schreiben und gab ihm reichlich Gelegenheit zur Menschenbeobachtung. Natürlich träumte er dennoch davon, reich zu werden und ihm zu entrinnen – etwa durch die Fabrikation von ›Kaktusbonbons‹. Seine Kontakte zu Literaten ließ er auch in dieser Zeit nicht abreißen. 1932 arbeitete er an einer kurzlebigen, nach dem Muster des ›Simplizissimus‹ gemodelten satirischen Zeitschrift namens ›Americana‹ mit, deren Redakteur George Grosz war und zu deren Mitarbeitern auch James Thurber zählte. »Grosz besaß einen Sinn für die Gewaltsamkeit und Häßlichkeit seiner zerfallenden Gesellschaft, der dem von West ähnlich war«, schreibt Jay Martin. Nach kurzen Versuchen im Landleben zog West 1933 weiter nach Hollywood. Sechs Jahre lang verdiente er sich hier sein Brot als Screen-Writer, als Mitverfasser von Drehbüchern und Drehbuchentwürfen für die Filmfabriken Republic, Columbia, M.G.M., R.K.O. und andere, als Zulieferer einer rücksichtslosen Industrie. »Wests Einstellung zum Drehbuchschreiben hatte sich von Verzweiflung über Resignation zu ironischem Vergnügen gewandelt«, schreibt Martin. »Er hatte keine Illusionen über den Wert seiner Drehbücher noch das Gefühl, durch ihre Anfertigung ausgebeutet zu werden. Er arbeitete schwer und versuchte, zu regelmäßigen Honorarüberweisungen zu kommen ... Er hatte ein seltsam, aber fruchtbar geteiltes Leben geführt, hatte sich tagsüber in kommerzielle Träume versenkt und nachtsüber in das gärende Leben der Massen, das die Herstellung dieser Träume notwendig machte.« Während er mit seinen vier Romanen im Laufe eines Jahrzehnts gerade 1280 Dollar verdiente, brachte er es als Vertragsschreiber auf zeitweilig 400 Dollar die Woche. Dieser Status erlaubte ihm, sich ›selbständig‹ zu machen und ›frei‹ zu arbeiten. Er stellte nun endlich seine Mutter zufrieden; und er erlaubte sich zu heiraten. Im April 1940 schloß er die Ehe mit Eileen McKenney, der Heldin des seinerzeit immens erfolgreichen Buches und Bühnenstücks ›My Sister Eileen‹ von Ruth McKenney.

Bestimmend für sein ganzes Leben war die Freundschaft mit dem ebenfalls zur Satire neigenden Schriftsteller S. J. Perelman, einem der alten Mitarbeiter des ›New Yorker‹, den er an der Brown University kennengelernt hatte, der später seine Schwester Laura heiratete, ihm mit Geld und Lob und Kritik und Freundlichkeit half, wo er konnte, und der seinen Nachlaß verwaltet.

An den syndikalistischen und verschiedenartigen anderen linksgerichteten Aktivitäten seiner rebellischen Berufskollegen, die ausgerechnet Hollywood allmählich in den Ruf eines roten Brandherdes brachten, nahm er pflichtschuldig und bereitwillig teil, anscheinend aber ohne die volle Überzeugung; es sieht so aus, als hätten ihn die Routine der Empörung und die haarspalterische Scholastik sozialistischer Theorie einfach zu sehr gelangweilt. Gegen den Vorwurf, er habe all die fortschrittlichen Leute aus seinem Hollywood-Roman weggelassen, setzte er sich jedenfalls entschieden zur Wehr: »Ich bin ein komischer Schriftsteller und scheine außerstande, die ›großen Dinge‹ zu behandeln, ohne dabei scheinbar zu lachen oder wenigstens zu lächeln ... Wir haben ja hier eine starke und fortschrittliche Bewegung, und ich widme ihr eine Menge Zeit. Doch obwohl der Roman von Hollywood handelt, habe ich es unmöglich gefunden, irgend etwas von diesen Aktivitäten einzubeziehen ...« (1940 an Malcolm Cowley.) »Ich glaube, daß Raum ist auch für den Burschen, der ›Feuer‹ ruft und zeigt, woher etwas von dem Rauch kommt, ohne daß er den Wasserschlauch anschleppt ... Soviel ich weiß, hat Marx Balzac für einen besseren Schriftsteller und sogar Revolutionär als Sue gehalten, obwohl Sue ein aktiver und approbierter Radikaler war, während sich Balzac selber für einen Royalisten hielt. Balzac war besser, weil er den Blick fest auf den Mittelstand gerichtet hielt und mit viel Wahrhaftigkeit und ohne Wunschdenken schrieb ...« (1940 an den Romancier Jack Conroy.)

Die äußeren Lebensumstände schienen sich für West langsam einzurenken. Es verringerte sich der

Abstand zwischen Wunsch und Erreichtem. Er war ein gutbezahlter Hollywood-Autor, der sich mit der Notwendigkeit täglicher Schundproduktion mehr oder weniger abgefunden hatte und sein eigentliches Werk gegen sie abzuschirmen verstand. Er war ein glücklicher Ehemann. Er hatte Freunde und war ein begeisterter Freizeit-Jäger. Er hatte so etwas wie eine Identität gefunden. Schon trug er sich mit Plänen für einen fünften Roman, der weniger hoffnungslos ausfallen sollte. Am 22. Dezember 1940, einen Tag nach dem Tod seines Freundes F. Scott Fitzgerald, auf der Rückkehr von einem vorweihnachtlichen Jagdausflug nach Mexiko, übersah er bei El Centro in Südkalifornien – er muß ein miserabler, immer zerstreuter Autofahrer gewesen sein – ein Halteschild. Den Zusammenstoß überlebte weder er noch seine Frau.

Daß sein Anspruch, vorläufig nicht in der Vergessenheit zu versinken, in erster Linie auf den beiden Romanen ›Miss Lonelyhearts‹ und ›The Day of the Locust‹ beruhe, darüber herrscht Einigkeit. Läßt man das dadaistisch beeinflußte Jugendwerk ›The Dream Life of Balso Snell‹ beiseite, so bleibt der Fall ›A Cool Million‹, jener Roman, der zwischen ›Miss Lonelyhearts‹ und ›The Day of the Locust‹ entstand, Ende 1933 in einem Farm-Haus in Erwinna bei Ottsville, Bucks County, Pennsylvania (einige dieser Namen tauchen auch in dem Buch auf), schneller und müheloser geschrieben als seine anderen. Auden hielt den Roman für mißglückt; so auch die meisten Rezensenten zur Zeit seines Erscheinens. Konservative fanden ihn zu kritisch, Progressive zu frivol. Die Frage, ob man dieses bittere wie ausgelassene Buch eigentlich komisch finden dürfte, scheint jene Leser irritiert zu haben, denen es schwerfällt, zu begreifen, daß zwar weniges trauriger ist als das wahrhaft Monströse, weniges aber auch komischer.

Vielleicht aber war auch die Zeit noch nicht reif für den terrorisierten Witz von ›A Cool Million‹. Vielleicht ist ein Revisionsverfahren fällig.

Im Unterschied zu ›A Cool Million‹ erregte Sinclair Lewis' Buch über das gleiche Thema, den Aufstieg einer amerikanischen faschistischen Bewegung, der Roman ›It Can't Happen Here‹, ein Jahr nach ›A Cool Million‹ erschienen (und in deutscher Sprache bisher nur einmal veröffentlicht, 1936 in einem Amsterdamer Emigrantenverlag unter dem Titel ›Das ist bei uns nicht möglich‹), seinerzeit ungeheures Aufsehen: der plausible Nachweis, daß auch in Amerika eine mörderische faschistische Diktatur durchaus möglich sei – ein höchst detailreiches Kolossalgemälde von den Äußerlichkeiten der Machtübernahme, reichlich durchsetzt mit politischen Debatten und voll von unerschütterlichem Vertrauen auf den tapferen, unsterblichen Freiheitsgeist des traditionsbewußten, kultivierten amerikanischen Bürgers, der sich weder vom Faschismus noch vom Kommunismus unterkriegen läßt. Sinclair Lewis hatte, daher die Schockwirkung, einige Linien aus seiner Gegenwart in die unmittelbare Zukunft weitergezogen (die Machtergreifung wird für 1936 angesetzt); eins der Vorbilder für seinen Diktator ›Buzz‹ Windrip zum Beispiel war der korrupte, plebejische ›Diktator von Louisiana‹, der 1935 ermordete Gouverneur Huey Long; und unter dem Personal seines Romans finden sich prominente Zeitgenossen, wie F. D. Roosevelt und Upton Sinclair, deren hypothetisches Verhalten unter dem an die Wand gemalten faschistischen ›Corporate State‹, kurz ›Corpoismus‹ genannt, glossiert wird. Aber gerade dieses Haften am Augenblick, dieses ständige Sichberufen und Anspielen auf inzwischen verblaßte Einzelheiten der Mittdreißigerjahre, zusammen mit dem Umstand, daß die so genaue Prophezeiung schließlich gar nicht wahr geworden ist, könnte die Dauerhaftigkeit von Lewis' Roman beeinträchtigt haben. Während der weitgehende Verzicht auf eine derartig detaillierte Aktualität, der Blick hinter die puren Formalitäten des Machtwechsels, das Fehlen jener zuversichtlichen Grundierung, die Lewis in seinem Buch reichlich dick aufträgt, der Witz, der hier auch um seiner selbst willen existieren darf und befreit ist von der Funktion, unbedingt politischer Kommentar sein zu müssen – während all dies, zuerst scheinbar Nachteile, ›A Cool Million‹ in genau demselben Maße gutgetan haben könnte.

Es ist kein Roman außerhalb der Tradition. Die vier offensichtlichsten Traditionsmomente, zu denen das Buch in Beziehung steht, sind: Voltaire, Poe, die Stummfilmkomödie und vor allem Horatio Alger.

Mit Voltaires conte philosophique ›Candide‹

(die Voltaire selber als eine alberne Entgleisung, eine coïonnerie bezeichnete) hat ›A Cool Million‹ gemein, daß hier wie dort ein Held von einem Unglück ins nächste stolpert, ohne daß er sich in seinem Optimismus und seinem Glauben, in einer grundguten Welt zu leben, irremachen ließe.

Unter Poes Erzählungen finden sich zwei (nebensächlichere) Grotesken, ›The Man That Was Used Up‹ und ›Loss of Breath‹. In der ersten wird ein Muster von einem Mannsbild beschrieben, ein General, der sich bei zufälliger genauerer Inspektion als eine wunderbare Konstruktion von Prothesen erweist; der ›richtige‹ Mann war in einem Gefecht mit Indianern mehr oder weniger ›aufgebraucht‹ worden. ›Loss of Breath‹ schildert die Unglückssträhne eines Mannes, der buchstäblich seinen ›Atem verliert‹ und in der Folge auch noch Ohren und Nase lassen muß, den man irrtümlich als Posträuber aufhängt und dem erst ein Genosse in der Gruft, ein ehemaliger Nachbar, den Atem zurückerstattet. In beiden Geschichten: die ›Demontage‹ eines Menschen. So wird Lemuel Pitkin demontiert.

Die zwanziger Jahre schließlich waren die große Zeit des amerikanischen Slapstick-Films. Slapstick bedeutet wörtlich ›Prügelstock‹; gemeint ist die ›Pritsche‹ des Narren. Im weiteren Sinn bezeichnet das Wort einen Humor grober, immer physischer Art – Prügeleien, Verfolgungen, Stürze, Cremetorten im Gesicht. Der Held von ›A Cool Million‹, Lemuel Pitkin, geht durch eine Serie solcher burlesker Situationen. Wenn er gegen Schluß Zeitungen zu Prügeln rollen muß, mit denen ihm zwei tödlich unkomische Komödianten auf der Bühne die verschiedenen Prothesen zur Erheiterung des Publikums vom Körper schlagen, so ist das Slapstick im engsten, wörtlichsten Sinn und vielleicht sogar als ausdrückliche Reverenz zu verstehen. Während West an ›A Cool Million‹ schrieb, arbeitete Charlie Chaplin an ›Modern Times‹ – der Film, 1933 begonnen, wurde 1936 fertig. Hier wie dort plagt sich einer damit ab, in den Räderwerken moderner Zeiten so gut es geht am Leben zu bleiben – hier wie dort wirkt der Schock der Wirtschaftskrise nach. Nur geht Charlies Geschichte relativ glimpflich aus; sie geht darum glimpflich aus, weil er im Gegensatz zu Wests Lemuel Pitkin gar nicht erst hochfliegenden Illusionen aufsitzt, sondern etwa weiß, was los ist, und darum mißtrauischer, gewitzter und frecher die Ungunst manches Augenblicks durchaus für sich zu nutzen weiß. Unvorstellbar, daß Lem, wie hungrig auch immer, absichtsvoll die Zeche prellte und, da er nun schon einmal ins Kittchen muß, sich dabei auch gleich ordentlich bediente. Lem würde feuchten und klaren Auges, den Blick tugendhaft ins Glück vor ihm gerichtet, verhungern.

Während dieser Fundus West möglicherweise gar nicht voll bewußt war, ist ein Bezug ausdrücklich beabsichtigt: ›A Cool Million‹ ist vor allem anderen eine Parodie auf Horatio Alger. Und als Parodie auf Horatio Alger ist es eine Kritik an einem tiefverwurzelten Kollektivmythos insbesondere, aber nicht nur Amerikas.

Ausländern – von Amerikanisten abgesehen – sagt der Name Horatio Alger nichts. Auch für Amerikaner ist er heute in der Regel nur noch ein geflügeltes Wort – eine Lektüreerfahrung verbindet sich nicht mehr mit ihm. Die Bücher dieses Mannes sucht man selbst in Antiquariaten meist vergebens. Erst 1971 erschienen zwei von ihnen als Faksimiledrucke wieder im Buchhandel. Dabei wird die Gesamtauflage, die seine insgesamt 119 Bücher in ihren Jahren erreichten, auf über zwanzig Millionen geschätzt. Es waren Jungengeschichten, die das amerikanische Bewußtsein mindestens so nachhaltig beeinflußten, wie das deutsche von Karl May beeinflußt wurde; nur daß sie schneller und gründlicher verschwanden. Was von ihnen blieb, ist das Gerücht von der ›Horatio Alger success story‹ – der Erfolgsgeschichte à la Horatio Alger. Diese dem amerikanischen Bewußtsein eingeprägte Alger-Tradition brachte Sinclair Lewis, in eben seinem Roman ›It Can't Happen Here‹, auf die Formel »from rags to Rockefellers«, von Lumpen zu Rockefellers. Es ist jene Zuversicht, daß auch dem kleinen Mann in dem chancenreichen Lande Amerika der Weg nach oben offenstehe, daß jeder es schaffen könne, vom Schuhputzer zum Millionär. Viele Alger-Titel umreißen das Programm bereits: ›Andy Grant's Pluck‹, ›Tom Temple's Career‹, ›Struggling Upward‹, ›Luke Larkin's Luck‹ über einigen Romanen; ›From Canal Boy to President‹, ›From Farm Boy to Senator‹, ›Abraham Lincoln, the Backwoods Boy‹ über einigen seiner Biographien. Natürlich hat

Alger diesen Glauben nicht erfunden – er ist Bestandteil ältester amerikanischer Tradition; nur hat ihm niemand vorher und nachher so viele Geschichten angepaßt und die Psyche der Nation so stark damit infiziert. Noch ist der Glaube an sich so völlig abwegig, er läßt sich mit Beispielen aus der amerikanischen Geschichte belegen und besitzt ein ursprünglich durchaus demokratisches Element: den Stolz darauf, daß es in Amerika eine Aristokratie nicht von Geburts wegen gibt, sondern eine Aristokratie der Tüchtigen, zu der im Prinzip jeder Zugang hat. Wird er mit Algerscher Unschuld und Insistenz vertreten, so degeneriert er allerdings zu bloßer Augenwischerei. Nicht jede Tüchtigkeit führt ja zum Erfolg, nicht jeder kann im Gebäude der Gesellschaft in die Chefetage gelangen, weil es sich in denen nur wohlsein läßt, solange unten jemand die Heizung bedient; von den verschiedenen gesellschaftlichen Vorgaben, mit denen die einzelnen zu ihrem ›pursuit of happiness‹ (der sich, wenn man die Unabhängigkeitserklärung lästern will, hauptsächlich als ein ›pursuit of fortune‹ darstellt) antreten, ganz zu schweigen, und zu schweigen auch von den erst nach Algers Zeit immer deutlicher zutage getretenen komplizierteren Machtstrukturen, die verhindern, daß individuelle Tüchtigkeit und individueller Erfolg proportional zueinander sind. Das Algersche Märchen war Propaganda für eine gefährliche Illusion. Es trug wesentlich dazu bei, daß sich eine Gesellschaft so lange und zäh über ihre Krankheit hinwegschwindeln konnte.

Die kuriose, bemitleidenswerte Gestalt seines Autors ist eines Blickes wert. Die von ihm so begeistert und vertrauensvoll propagierte Laufbahn war ihm selber zurückzulegen nicht vergönnt. 1834 in Massachusetts geboren, Sohn eines strengen unitarischen Pastors von neuenglisch puritanischem Schlag, mußte Horatio Alger jr. wider Willen Theologie studieren und sich ordinieren lassen. Wie er dem verhaßten Amt aber schon vorher nach Paris und in den Journalismus entflohen war, so verließ er es nach zwei Jahren wieder und zog nach New York, um in die Literatur zu entkommen. Er ging ein und aus in einer barmherzigen Institution, dem Newsboys' Lodging House, schloß Freundschaft mit ihrem Superintendenten und mit zahllosen Straßenjungen; er adoptierte ein chinesisches Findelkind, das später von einem durchgegangenen Pferd zu Tode getrampelt wurde. 1867 erschien der erste Roman seiner ›Ragged Dick‹-Serie in Oliver Optics Knabenzeitschrift ›Student and Schoolmate‹ und machte ihn mit einem Schlag bekannt. Der ›Ragged-Dick‹-Serie ließ er zwei ebenso erfolgreiche folgen: ›Luck and Pluck‹ (1869) und ›Tattered Tom‹ (1871). Zwar brachten sie ihm Reichtum. Aber er gab das Geld schnell wieder aus, zum größten Teil für die armen Jungen, deren er sich angenommen hatte. Eine beabsichtigte Heirat hatte der Vater verhindert; gegen Ende seines Lebens floh er noch einmal nach Paris und verhedderte sich in eine wilde Liebesgeschichte, die ihn zeitweilig um den Verstand brachte. Er starb 1899 im Haus seiner Schwester, ohne Reichtum, ohne Frau, ohne Kind, ein Mann mit einer von Natur aus schwächlichen und zaghaften Persönlichkeit und einem kränkelnden Gewissen, der sein Leben lang einen ernsthaften Roman schreiben wollte und niemals dazu kam. So beschreibt ihn das ›Dictionary of American Biography‹.

Algers frohe Botschaft an die Mitwelt bestand nicht nur darin, daß man sein Glück machen könne, auch wenn man von ganz unten anfangen muß; sie war etwas verwickelter: man könne es machen, auch wenn man tugendhaft ist. Und mehr noch: gerade wenn man tugendhaft ist. Das ist sehr verwunderlich, denn er beschreibt eine Welt, in der der Mensch auf Schritt und Tritt belauert wird von Taschendieben, Gaunern, hartherzigen Tyrannen, raffgierigen Snobs, eine durch und durch verruchte Welt, verseucht von einer Gemeinheit, in der kein Atemzug möglich ist ohne Neider, die einem nach Geld, Gesundheit und Leben trachten. Der reichste Mann am Ort, in dem Luke Larkin sein ›luck‹ sucht, ist Präsident der lokalen Bank, er vergibt die öffentlichen Stellen, ist Beraubter, Polizist, Staatsanwalt und Richter in einer Person, und nur daß er auch zufällig selber noch der Räuber ist, bringt ihn schließlich zu Fall. Algers Moral: man dürfe nur den Mut nicht sinken lassen, egal wie groß die Gemeinheit ringsum; immer ehrlich, immer fleißig, immer sparsam, immer mäßig (bloß keine Rauchwaren, kein Alkohol, kein Glücksspiel und keine extravagante Garderobe), und eines Tages steht der reiche Fremde hinter einem Baum; er hat dich schon lange heimlich beobachtet, du hast sein Herz mit deiner Tugend gewonnen, er gibt dir endlich die Chance, und du kannst von ihm dann stolz sagen: mein Freund und Gönner, der Kapitalist. Es sind, wie man sieht, die gerade wegen ihres unverwüstlichen Optimismus, ihrer krampfhaften Unbeirrbarkeit verzweifelten Tagträume eines maßlos deprimierten und maßlos naiven Menschenfreundes.

Daß Nathanael West bei seinem Interesse für alle Fluchten aus dem Elend in strahlende Traumwelten immer wieder zu Horatio Alger zurückkehrte, ist kein Wunder. Er nannte ihn den »Bulfinch der amerikanischen Sagen, den Marx der Amerikanischen Revolution« (Thomas Bulfinch, 1796–1867, war eine populäre Autorität auf dem Gebiet von Sage und Mythos, eine Art britisches Pendant zu Gustav Schwab), den komischen Messias des amerikanischen Traums vom Erfolg. In dem Entwurf für eine Filmbearbeitung von ›A Cool Million‹ (der Film wurde nie gedreht) schrieb er 1940: »Nur Narren lachen über Horatio Alger und seine armen Jungs, die es zu was bringen. Der Weisere, der genauer über diesen gediegenen Autor nachdenkt, wird begreifen, daß Alger für Amerika ist, was Homer für die Griechen war.«

Mit diesem Volksmärchen legte sich West in ›A Cool Million‹ an, indem er es umdrehte: er läßt den armen Jungen vom Lande aufbrechen, »sein Glück zu versuchen« (Brechts ›Sieben Todsünden‹ entstanden im gleichen Jahr 1933), aber dieses bleibt leider ganz aus, vielmehr findet statt, was sowohl in der Algerschen Welt als in der Wirklichkeit wahrscheinlicher ist – seine dumpfe Rechtschaffenheit und Vertrauensseligkeit bringt ihn aus einer Klemme in die andere. Und doch widerfährt ihm noch der großen Triumph: er wird der gefeierte Märtyrer, der Horst Wessel einer amerikanischen faschistischen Bewegung. Es ist sinnreich genug: was da zum Sieg marschiert und ihn schließlich erringt, sind genau jene zu kurz gekommenen Angehörigen der Mittelschichten, die bei Horatio Alger Trost suchten. Algers Publikum, Wests Forschungsgegenstand, übernimmt vollends die Macht. Mit Lemuel Pitkin, dem Algerschen Helden, ist es zwar sichtbar abwärts gegangen, sowenig er selber es wahrhaben will, sowenig der Erzähler es zuzugeben scheint. Doch nach der totalen ›Algerisierung‹ seiner Umwelt erweist sich dieses Abwärts noch glücklich als ein Aufwärts: mit all seinen Prothesen, die seine Niederlagen bezeichnen, wird er zur triumphalen Symbolfigur jener Bewegung, der er auf seine stupide Weise mit zu ihrem Erfolg verholfen hat. Wie bei Alger steht am Ende also der Scheitelpunkt der Karriere – das Algersche Schema ist damit erfüllt. Indem es aber erfüllt ist, ist es auch seiner Absurdität überführt; Lems Lohn ist etwa so windig wie Algers Glaube, man könnte es nach seinen Maximen in dieser Welt zu etwas bringen.

Kapitelweise, besonders am Anfang, kopiert West Algers Schreibweise: ein steifes, lebloses, gespreiztes

Englisch, das hin und wieder wie aus Versehen ins Vulgäre umkippt und an diesen stilistischen Bruchstellen den Bruch zwischen Algers Welt und der Realität aufzeigt. Der komische Effekt rührt natürlich von dem Dekorum her, mit dem der Erzähler über die Ungeheuerlichkeit des Erzählten hinweggeht, als nähme er sie gar nicht wahr – Alger nahm sie nicht wahr, West um so mehr. So beschreibt Alger die Hütte, in der Luke Larkin mit seiner Mutter wohnt: »Sie war klein, insofern als sie lediglich vier Räume enthielt, die auf die schlichteste Weise möbliert waren. Jedoch waren die Räume außerordentlich sauber und machten den Eindruck der Behaglichkeit. Dabei war das Haushaltseinkommen von Mrs. Larkin und Luke sehr gering. Luke erhielt einen Dollar pro Woche für Hausmeisterarbeiten im Schulgebäude, doch floß dieses Einkommen nur während vierzig Wochen im Jahr. Sonst half er bei Nachbarn aus und verdiente damit vielleicht noch einmal soviel. Mrs. Larkin besaß einige Geschicklichkeit als Schneiderin, doch war Groveton eine kleine Ortschaft und jemand anderes in der gleichen Branche tätig, so daß ihr Einkommen aus dieser Quelle wahrscheinlich im Durchschnitt nicht mehr als drei Dollar betrug ... ›Tim überbrachte mir heute früh eine Nachricht von Squire Duncan, die mich davon unterrichtete, daß ich meine Stelle verloren habe und er sie übernehmen soll.‹ ›Es wird ein schwerer Verlust für uns sein, Luke‹, sagte Mrs. Larkin ernst. ›Ja, Mutter, doch bin ich sicher, daß sich statt dessen etwas anderes finden wird.‹ Luke sprach zuversichtlich, aber es war eine Zuversicht, deren er keineswegs sicher war. ›Es ist traurig, so arm zu sein wie wir‹, sagte Mrs. Larkin seufzend. ›Es ist sehr unerfreulich, liebe Mutter, doch sollten wir froh sein, daß wir bei bester Gesundheit sind. Ich bin jung und stark und ganz gewiß, daß ich schon eine Möglichkeit ausfindig machen werde, einen Dollar pro Woche zu verdienen.‹ ›Jedenfalls wollen wir es hoffen, Luke ...‹« Und so spricht der reiche Gönner, der sich schließlich einfindet: »›Ich war selber ein sehr armer Junge. Wie du war ich Sohn einer Witwe. Als ich ein Junge von vierzehn und fünfzehn war, lief ich in Overalls und barfuß umher. Doch glaube ich nicht, daß es mir geschadet hat‹, setzte der alte Mann nachdenklich hinzu. ›Es hat mich davon abgehalten, Geld an alberne Vergnügungen zu verschwenden, denn ich hatte nichts auszugeben; es hat mich fleißig und selbstgenügsam gemacht, und als ich Arbeit erhielt, machte es mich begierig, meinem Arbeitgeber zu gefallen.‹ ›Ich hoffe, es wird auf mich die gleiche Wirkung haben, Sir.‹« Den Schatten dieser Beschreibungen und Dialoge findet man unschwer in ›A Cool Million‹. Und wie bei Alger sind auch in Wests Parodie Geldangelegenheiten von keiner europäischen Schamhaftigkeit umhüllt; Beträge werden beziffert und berechnet, die jeweilige Vermögenslage wird dem Leser genau bekanntgegeben – viel Geld, viel Ehr, und was ein Mann wert ist, läßt sich aus seinem Bankkonto ersehen.

Lemuel Pitkins Pangloss, der ihm immer wieder

mit erbaulichen Sprüchen von hohltönender Rhetorik über das chancenreiche Amerika, über das von keinerlei Rücksicht aufs Gemeinwohl eingedämmte free enterprise, über das am Ende aller Strapazen winkende Glück Mut zuspricht, ist Shagpoke Whipple, nachmaliger Diktator. Wie Wests gebildete und rebellische Indianerhäuptlinge Reminiszenzen an historische Gestalten wie den Sioux-Häuptling Sitting Bull enthalten, den unversöhnlichen Hasser der Weißen, den Sieger vom Little Big Horn über General Custer, dem die (sicherlich falsche) Legende auch weiße Gelehrsamkeit, eine Erziehung in der Militärakademie West Point und sogar die Autorschaft an lateinischen und französischen Gedichten zusprach und der zeitweise mit dem Western-Helden William F. Cody, bekannter unter dem Spitznamen Buffalo Bill, in dessen herumziehender Wild-West-Show auftrat, so spielt West mit der Person des Shagpoke Whipple ebenfalls auf reale Gestalten an. Gemeint war wohl vor allem der wie Whipple aus einem kleinen Ort in Vermont stammende Calvin Coolidge, von 1923 bis 1929 Präsident der USA, ein echter Alger-Held, der es mit viel Rechtschaffenheit und Kargheit vom Krämersohn zum Präsidenten brachte, vor seiner politischen Periode als Rechtsanwalt unter anderem für eine Bank und nachher für eine Versicherungsgesellschaft arbeitete, der der Geschichte so markante Sprüche wie »Zur Selbstachtung führen nur zwei Wege: weniger Geld auszugeben, als man verdient, oder mehr zu verdienen, als man ausgibt«

oder, kaum übersetzbar, »The business of America is business«, in anderer Überlieferung »The business of the American government is business« hinterließ, eine beharrliche Abneigung gegen alles Ausländische und alle Außenpolitik hatte, die großen Probleme lieber nicht anpackte, dem big business allzeit freundlich zugetan war, den patriotischen Mittelstand hinter sich versammelte und nur das eine Pech hatte, daß sein Land unter seiner so durch und durch konservativen und anständig-frugalen Regierung immer mehr in die Gewalt von Gangstern geriet und sicher in die große Wirtschaftskrise glitt, die den großen Erfolgstraum jäh unterbrach.

Wer Whipples Bewegung, die den ›revolutionären Mittelstand‹ mobilisiert, für zu phantastisch hält, lese bei Jay Martin nach: »West sah, daß eine Zeit, in der nur eine Handvoll Intellektueller kommunistisch oder sozialistisch wählte, während Hunderttausende zu faschistisch genannten Organisationen gehörten, reich an Wunschdenken war. Die amerikanische Art zu träumen nahm in solchen Organisationen Gestalt an ... Die halb-faschistischen Versionen sozialer Absicherung aufzuführen, heißt einen Katalog der manchmal komischen, doch immer verzweifelten und hoffnungsvollen Utopien des Tages aufzusetzen, von denen die meisten kurz vor der Veröffentlichung von ›A Cool Million‹ in Erscheinung traten. Da war der ehrwürdige Ku-Klux-Klan, der, obwohl inzwischen weitgehend diskreditiert, immer noch – wie es Hiram Wesley Evans, sein Anführer in den zwanziger Jahren, ausdrückte

– ›die große Masse der Amerikaner vom alten Pionier-Schlag‹ repräsentierte, ›die sich aus den Fesseln falscher Ideale und falscher Philanthropie befreit haben, welche Ausländer über die eigenen Kinder und die eigene Rasse stellen‹. Die Devise des Klans war wie die Shagpokes: ›Eingeborene, weiße, protestantische Suprematie‹. Anfang der dreißiger Jahre hatte der Klan Ableger hervorgebracht wie die Black Legion von Michigan ..., die White Legion von Alabama, die Nationalisten von Texas, die Vigilantes von Kalifornien – alles terroristische Vereinigungen mit der erklärten Absicht, Kommunisten, Katholiken, Juden und Neger zu bekämpfen. Unter der Führerschaft von George E. Deatherage wurden die Knights of the White Camelia wiederbelebt. Feurige Prediger des sozialen Verhängnisses wie Gerard W. Winrod von Kansas und Gerald L. K. Smith von Louisiana ... bereisten die Hinterwälder und später die Städte mit Evangelien der Verdächtigung gegen die vom Klan erbten Feinde. In New York, New Jersey und dem Mittelwesten vermehrten sich Organisationen wie die Friends of the New Germany und der Amerikadeutsche Volksbund ... zu einer Anzahl uniformierter Gruppen – den Grauhemden ..., den Khakihemden ..., den Goldhemden, der American White Guard, dem Order of '76, Father Coxeys Blauhemden, den Braunhemden und den Schwarzhemden. Die größte und wahnwitzigste der nach Nazivorbild aufgestellten Formationen waren William Dudley Pelleys Silberhemden. Pelley war Drehbuchautor für Lon-Chaney-, Tom-Mix- und Hoot-Gibson-Thrillerfilme gewesen, er hatte Erzählungen für Zeitschriften wie ›Red Book‹, ›The American‹, ›Collier's‹ und ›Good Housekeeping‹ geschrieben. Seine Erfahrungen setzte er nun ein, um den Mythos von der Erschaffung der Silberlegion zu lancieren. Eines Nachts im April 1928, nach seinem eigenen Bericht 1933, sei Pelley für sieben Minuten gestorben, während deren er vom ›Orakel‹ von der internationalen jüdischen Verschwörung und von seiner eigenen Mission erfahren habe, Amerika den Amerikanern in Form einer gewaltigen Aktiengesellschaft zurückzugeben, deren Präsident Pelley und deren Aktionäre alle ›hundertprozentigen Amerikaner‹ sein sollten, von denen jeder eine monatliche Dividende in Höhe von 12,50 Dollar erhalten würde ... Die Organisation breitete sich schnell aus und zählte bald 75 000 Mitglieder in 46 der 48 Staaten. Wie in allen entsprechenden Gruppierungen war die Uniform (die 10 Dollar kostete) bunt und zeremoniös – silberne Hemden, blaue Kord-Knickerbocker, goldene Strümpfe oder Wickelgamaschen ... Wie Shagpoke appellierte Pelley an Indianer ... Obwohl sein Programm wie das von Shagpoke patriotisch und rassistisch war, besaß es den gleichen konfusen Hintergrund aus religiösem Mystizismus, Endokrinologie, Strahlenheilkunde, Evolution, Astrologie und Mythos. Wie Shagpoke hatte Pelley Verbindung zu erklärten Nazi-Gruppen ... ›Wenn du ein Schwächling bist, wenn du zu Kompromißlertum, Sentimentalität und Fügsamkeit neigst‹, schrieb Pelley, ›bist du in der Silberlegion nicht erwünscht... Doch wenn du dich nicht scheust, Leben und Gesundheit für dein Land aufs Spiel zu setzen, so bist du aufgefordert, den Weiheeid zu leisten und als Wahrer Christlicher Soldat hervorzutreten, gekleidet in ein Hemd von Silber, mit einem großen scharlachroten L auf deinem Banner und über deinem Herzen, das für Love, Loyalty und Liberation steht.‹ Angesichts solcher Bewegungen wie der der Silberhemden bemerkte ein europäischer Besucher, die Amerikaner ›bewegten sich in einer illusionären Welt, von der es in Europa außerhalb der Irrenhäuser nicht die geringste Spur gäbe‹ – in Europa lagen die Gefahren des Faschismus schließlich auf der Hand. Mit ›A Cool Million‹ schrieb West einen Roman, der diese aberwitzige Welt in Szene setzte – indem er sie in einer feierlichen, unschuldigen Art darstellte, bis ihr alptraumhafter Schrecken und ihre Farcenhaftigkeit plötzlich durch den Anschein geistiger Gesundheit hervorbrechen.«

Wer das faschistoide Geschlinge in Shagpokes Kopf zu konfus und phantastisch findet, weil es nach neuerer Schematisierung heute schwer vorstellbar scheint, daß eine solche Ideologie gleichermaßen gegen den ›Bolschewismus‹ wie gegen ›Wall Street‹ antritt, vergleiche die Konfusion, mit der Sinclair Lewis den hypothetischen Faschismus in seinem Roman ausgestattet hat: »Er (der Diktator Windrip) sei ganz gegen die Banken, aber ganz für die Bankiers – ausgenommen die jüdischen Bankiers, die aus dem Finanzwesen gänzlich verjagt werden sollten; er habe gründlich geprüfte (doch unspezifizierte) Pläne, alle Löhne stark anzuheben, aber die Preise für alle von diesen hochbezahlten Arbeitern hergestellten Produkte stark zu senken; er sei hundertprozentig für die Arbeiterbewegung, aber hundertprozentig gegen alle Streiks ...« Und so fort.

Doch muß man gar nicht in die Ferne und in die Fiktion gehen. Es genügt, beliebige Stellen in Hitlers ›Mein Kampf‹ nachzulesen, etwa diese: »Die Internationalisierung unserer deutschen Wirtschaft, d. h. die Übernahme der deutschen Arbeitskraft in den Besitz der jüdischen Weltfinanz, läßt sich restlos nur durchführen in einem politisch bolschewistischen Staat. Soll die marxistische Kampftruppe des internationalen jüdischen Börsenkapitals aber dem deutschen Nationalstaat endgültig das Rückgrat brechen, so kann dies nur geschehen unter freundlicher Nachhilfe von außen. Frankreichs Armeen müssen deshalb das deutsche Staatsgebilde so lange berennen, bis das innen mürbe gewordene Reich der bolschewistischen Kampftruppe des internationalen Weltfinanzjudentums erliegt. So ist der Jude heute der große Hetzer ...« Ganz so verworren und wahnsinnig hetzen weder Whipple noch Windrip. Das wirkliche Wahnknäuel war dem nachgemachten doch überlegen. Lächerlichkeit ist eben nicht immer tödlich; wo sie es nicht ist, tötet sie – die anderen.

Mit ›A Cool Million‹ hat Nathanael West einen Total-Angriff unternommen, eine sozusagen haltlose

Satire geschrieben: er hält sich weder an den Sozialismus noch an den Kapitalismus noch gar an den potentiell faschistoiden Mittelstand, nicht an die technische Zivilisation der Weißen, die den Glauben an sich selbst verliert, noch an das Bild vom naturnahen, unschuldigen Indianer. Er sah die Umweltzerstörung voraus und predigte doch keine Rückkehr ins Naturidyll. Daß jemandem Unrecht geschieht, nahm West noch lange nicht blindlings für ihn ein; der verkrachte Dichter Snodgrasse wird bei West zu einem Aufklärer und Entlarver aus nichts als privater Ranküne. Snodgrasses ›Kabinett amerikanischer Scheußlichkeiten‹ mit seinen Materialien und Gegenständen, die angestrengt sich selbst verleugnen, und seiner großen, von innen zuckend illuminierten Hämorrhoide als Mittelpunkt wirkt wie die prophetische Beschreibung einer Pop-Art-Ausstellung unter Beteiligung von Ed Kienholz; in seinem Spürsinn für die Macht und die unwillkürliche Tiefe von Trivialkünsten war West seiner Zeit weit voraus. Die Gefahr, daß die frustrierten mittelständischen Massen ihre dumpfen Enttäuschungen an zu Feinden erklärten Minoritäten wie Negern, Katholiken, Juden, Indianern blutig austoben, ist nicht geringer geworden; nach wie vor überschwemmt die Industrie die Länder mit Ramsch, fällt der kleine Mann der Justiz besser nicht in die Hände, ersetzen Klumpen vager Ressentiments und schepperndes Pathos den schwindenden Glauben der Kultur an sich selber, sieht das Gesellschaftssystem den Wettbewerb genannten Kampf aller gegen alle vor, träumen die

Massen, schlaff, gelangweilt und verbittert die konfektionierten Träume von den seligen Gefilden, in denen, ›sunkist‹, die Goldorangen glühen, und der großen, befreienden, alles auslöschenden Gewalttat.

Ich nehme an, ein Roman wie ›A Cool Million‹ wird noch für einige Zeit aktuell bleiben.

Dieter E. Zimmer

Nathanael West
im Diogenes Verlag

Schreiben Sie Miss Lonelyhearts
›Miss Lonelyhearts‹. Roman, aus dem Amerikanischen von Fritz Güttinger, mit einem Vorwort von Alan Ross. detebe 40/I

Tag der Heuschrecke
›The Day of the Locust‹. Roman, aus dem Amerikanischen von Fritz Güttinger. detebe 40/II

»Am 21. Dezember 1941 riß der Tod Scott Fitzgeralds eine der ersten großen Lücken in die amerikanische Literatur unseres Jahrhunderts. Keine vierundzwanzig Stunden später wurde sie um eine weitere Persönlichkeit ärmer: in den Hügeln Kaliforniens zerschellte der Dichter Nathanael West mit seinem Automobil.
Es ist nicht nur die zeitliche Koinzidenz des Todes dieser beiden Dichter, sondern eine reziproke Parallele des Schicksals und des Lebens überhaupt, die erstaunt: beide, Scott Fitzgerald und Nathanael West, besaßen einen fast dadaistischen Instinkt für die grotesken Aspekte des modernen Alltags; beide waren hellwache Träumer, Exzentriker aus Überzeugung, bestürzt über die Leere ihrer Zeit; beide waren in einem prägnanten Sinn asozial, beide verfügten über eine bewunderungswürdige Bildkraft, beide verrichteten Helotendienste in Hollywood. Fitzgerald schrieb sein Fragment gebliebenes Werk ›The Last Lycoon‹ und befaßte sich mit Sterben und Entzauberung der Hollywood-Maharadschas, West mit der Desillusionierung der Nichtarrivierten, der Gescheiterten, die als Treibholz an die ›sonnengeküßten‹ Gestade Kaliforniens gespült worden waren und nun in den Hinterhöfen der Traumstadt ihr Dasein fristen. Oben: der hochgehängte goldene Käfig, unten: der talmivergoldete Mülleimer. Beide, Fitzgerald und West, starben unbeachtet: der eine erlebte eine Renaissance; der andere wurde posthum anerkannt.«
Jürg Federspiel im ›Merkur‹